THE NEW GATE

ザ・ニュー・ゲート

風波しのぎ
Kazanami Shinogi

22.鋼の園

Illustration：晩杯あきら

目次　Contents

「THE NEW GATE」世界の用語について

●ステータス

LV：	レベル
HP：	ヒットポイント
MP：	マジックポイント
STR：	力
VIT：	体力
DEX：	器用さ
AGI：	敏捷性
INT：	知力
LUC：	運

●距離・重さ

1セメル＝1cm
1メル＝1m
1ケメル＝1km

1グム＝1g
1ケグム＝1kg

●通貨

ジュール（J）：500年後のゲーム世界で広く流通している通貨。
ジェイル（G）：ゲーム時代の通貨。ジュールの10億倍以上の価値がある。

ジュール銅貨 ＝ 100J
ジュール銀貨 ＝ ジュール銅貨100枚 ＝ 10,000J
ジュール金貨 ＝ ジュール銀貨100枚 ＝ 1,000,000J
ジュール白金貨 ＝ ジュール金貨100枚 ＝ 100,000,000J

●六天のギルドハウス

一式怪工房デミエデン（通称：スタジオ）――『黒の鍛冶師』シン担当
二式強襲艦セルシュトース（通称：シップ）――『白の料理人』クック担当
三式駆動基地ミラルトレア（通称：ベース）――『金の商人』レード担当
四式樹林殿パルミラック（通称：シュライン）――『青の奇術士』カイン担当
五式惑乱園ローメヌン（通称：ガーデン）――『赤の錬金術師』ヘカテー担当
六式天空城ラシュガム（通称：キャッスル）――『銀の召喚士』カシミア担当

主な登場人物
Main Characters
セティ・ルミエール
515歳。ハイピクシー。
ゲーム時代のシンのサポートキャラ。
妖精郷で精霊と暮らしていた。
ユズハ
エレメントテイル。シンに助けられたモンスター。基本は子狐の姿だが、人型にも変身可能。
ミルト
89歳。ハイピクシー。
ロリ巨乳が特徴の元プレイヤー。
戦闘狂として有名だった。
シン
本編の主人公。
21歳。ハイヒューマン。
オンラインゲームで名を馳《は》せた最強プレイヤー。
デスゲームクリア後、500年後のゲーム世界に飛ばされる。

シュバイド・エトラック
521歳。ハイドラグニル。
ゲーム時代のシンのサポートキャラ。
竜皇国キルモントの初代国王。
フィルマ・トルメイア
521歳。ハイロード。
ゲーム時代のシンのサポートキャラ。
姉御肌でパーティのムードメーカー。
ティエラ・ルーセント
157歳。エルフ。
強力な呪いの名残で髪の大部分が黒い。
故郷を追放され、シュニーに保護された。
シュニー・ライザー
521歳。ハイエルフ。
ゲーム時代のシンのサポート
キャラ。
500年間シンを待ち続けた。

エルトニア大陸
THE NEW GATE
グランモスト山脈
海
クリカラ
クウェイン海域
ジグルス
パッツナー
No.43の聖地
エルクント
ローメヌン
アルガラッツ
竜皇国
キルモント
バルバトス
ファルニッド
獣連合
ラナパシア
レンツ
聖地カルキア
ヒノモト
ラルア大森林
ベイルーン
バルメル
亡霊平原
ベイルリヒト
王国

Chapter 1 水中戦闘訓練

THE NEW GATE

温泉観光のためにパーティメンバーとともに商業の国クリカラを訪れたシンは、そこで四年に一度開かれる鍛冶《かじ》と武術の祭典『錬鉄武闘祭《れんてつぶとうさい》』に参加する。

ところが、活気溢《あふ》れる祭りの裏で、密かに呪いに汚染された武具が出回っており、その影響で突然街の人が暴走する事件が多発する。

さらに、展示されていた武具がモンスター化して人々に襲い掛かるという事態も発生。街は混乱に包まれたのだった。

少なくない犠牲者《ぎせいしゃ》が出たものの、シンたちはこのテロを仕組んだ黒幕を討ち、事態の収拾に成功する。

失われた命は戻せないが、せめてこの国の人たちが積み上げてきた成果である武具くらいは元に戻したい——そんな思いから、シンは事件で破壊された武具の修復を申し出るのだった。

卓越《たくえつ》した鍛冶の腕前の一端《いったん》を披露《ひろう》したシンだったが、その話は伝説的なハイヒューマン『黒《くろ》の鍛冶師《かじし》』を信奉《しんぽう》する技術集団『黒《くろ》の派閥《はばつ》』にも伝わっていた。

数日後、クリカラの王城に呼び出されたシンたちは、ドワーフの組合の長〝巌窟王《がんくつおう》〟ジェイフの仲介により、黒の派閥の本拠地に招待されることになったのだった。

人払いされた部屋に残ったシンたちは、ジェイフともう一人の同席者——黒の派閥に所属する鍛治師のクリュックとの会話を続ける。

「シン殿が鍛冶の技を習ったという人物……それは、かの『黒の鍛冶師』その人なのではないか？　何処《いずこ》かへ去ったと言われる、かの御仁《ごじん》は、まだこの世のどこかにいるのではないのか？　私にはそう思えてならんのだ」

ジェイフから告げられた問いに、シンは戸惑《とまど》っている風を装《よそお》ってつぶやく。

「俺の師匠がハイヒューマン、ですか」

自らの素性《すじょう》を誤魔化《ごまか》すために鍛冶の師にあたる人物の話を出したのはシンだったが、何せハイヒューマンなのは自分自身である。さらに言えば、シンこそが『黒の鍛冶師』と呼ばれる存在なのだ。うなずくわけにはいかないし、正体を明かすつもりもない。

「そうだったら、すごかったんでしょうけどね。残念ながら、違います。上位種族であることは間違いないですけど」

シンは自分が嘘《うそ》をつくのがうまくないという自覚がある。これまで多くの人物を見てきただろうジェイフに、嘘八百でごまかし切れる自信はなかった。

なので、話すことにした。ジェイフの質問に対する答えとしては嘘になるが、内容自体は真実という、シンにしか本当の意味がわからない話を。

「お主《ぬし》ほどの技量を持つ弟子を育てながら、ハイヒューマンではないと？」

「種族を特定されると困るので詳しくは言えませんが、少なくともヒューマンではないです。まだまだ上がいるって話していましたし、昔は一人前の鍛冶師なら神話級《ミソロジー》くらい作れて当たり前だったらしいですよ」

シンは肩をすくめながら、昔の部分を強調して話す。それで、その意図するところはジェイフたちに伝わった。

「……『栄華の落日《えいがのらくじつ》』より前の時代。当時は伝説級《レジェンド》の武具を作れてやっと半人前を脱したという。そんな時代を知っているならば、その言葉も当然か。私には想像もできない相手と切磋琢磨《せっさたくま》したのだろうな」

おそらく、ジェイフの脳内ではハイエルフ、ハイピクシー、ハイロード、ハイドラグニルのどれかだと推測されているのだろう。

鍛冶と言えばドワーフというイメージなのは、世に溢れている多くのファンタジー作品と共通しているが、【THE NEW GATE《ザ ニュー ゲート》】においてハイドワーフは長命種ではない。

この世界ではどの種族でも、上位種族の方が長く生きるのは同じだ。

しかし、それでもドワーフは短命種。上位種族だろうと、五百年以上生きられるハイドワーフは設定上では存在しない。

例外は一部のハイビーストや、特殊な状態にある個体だけだ。

「お二人と一緒に鍛冶談義したみたいに、意見交換会はよくやっていたみたいですよ。『黒の鍛冶師』ともよく話をしたとか。当人は楽しんで鍛冶仕事をしているだけだったようなので、他の鍛冶師と競《きそ》うことはあっても、いがみ合ったりはしてなかったって聞いてます」

あくまで伝聞《でんぶん》というスタンスで、シンは話す。

シンの言う上位種族の人物というのは、ゲーム時代に実在したプレイヤーである。

実際に鍛冶のコツを教えてくれて、シンにとっては師匠と呼んでいい位置づけの人物でもあるので、決して口から出まかせを言っているわけではない。

「ちょっと進む道に悩《なや》んでいた時に、もっと物作りを楽しめと言ってくれましてね。もし師匠と出会わなかったら、いろいろと行き詰まっていたかもしれません」

能力的に未熟だったころ、シンにとって武具の作製は面倒な作業という位置づけだった。

早くステータスを上げて格上のモンスターに挑みたかったし、未知のステージにも挑戦したかった。だが、基礎ステータスが高いわけではないヒューマンにとって、性能の高い武具の補助なくして未知のモンスターやギミックが待ち受けるステージに挑むのはある意味賭けだ。

他のプレイヤーが先陣を切る姿に、当時のシンは悔《くや》しい思いをしていたのだった。

徐々にだが、ステータスは上がっている。しかし、時間がかかりすぎているのではないか。そんな焦《あせ》りもあり、少しばかりやけになって鍛冶に打ち込んでいた際に出会ったのが、ハイドワーフの男だった。

まだ拠点がなく、一定時間借りられる鍛冶場を使って作業していた時だ。レンタルということもあって、鍛冶場内は個々に区切られておらず、他のプレイヤーのやり方を見ることもできた。そうでなければ、この出会いはなかっただろう。

『なぁ、お前さん。なんでそんなにつまらなそうに鎚振《つち》ってんだ？　ゲームなんだからさぁ。もう少し楽しめよぅ』

『なんだあんた。ここの貸出時間は限られてるんだ。後にしてくれ』

最初の会話は確かこんな感じだったなと、シンは当時を思い出す。

もう少し当《あ》たり障《さわ》りのない対応もできただろうに、自身のことながら、当時何を思ってそう返したのかわからない。

思い返すほど、当時は心の余裕がなかったと、呆《あき》れてしまう。イベントによってはランキング制度もあった【THE NEW GATE】だが、シンは別に上位入賞を目指していたわけではない。あの頃は、何かに急《せ》かされるように、効率重視のプレイをしていた記憶ばかりある。

「どうやら、本当のようだな。ハイヒューマンと鍛冶談義とは、実にうらやましいことだ。一度会ってみたいものだが、シン殿の態度から察するに、表舞台で目立ちたがるような御仁ではなさそうだな」

「そうですね。自分の満足いくものが作れればいいっていう性格でしたから」

普通の装備とは趣向の違うもの、ネタに走った物作りが趣味と公言していた人物だ。彼が作ったものが戦闘や探索の役に立つ確率は、二割あればいい方だった。

ちなみに、フィルマの虚漆《うろうるし》の鎧につけられた魔力噴射の機能を最初に見つけて装備に付与したのも、この人物である。ブーツに付与した魔力噴射で宙を舞い、着地に失敗して地面に人型の穴をあけたのは良い思い出だ。

「というか、今どこにいるか自分にもわからないんですけどね」

「え？」

「なに？」

シンの発言に、今まで黙って話を聞いていたクリュックも驚きの声を上げた。

そのプレイヤーはデスゲームには巻き込まれていない。おそらく、現実世界のどこかで生きているはずだ。しかし、どこにいるかはわからない。オフ会でもしない限り、プレイヤー同士が直接会うことなどそうそうないのだから。

「私が言うことではないかもしれんが、大丈夫なのか？　今回のようなこともある。護衛はつけてあるのか？」

ジェイフの心配も理解できたが、そもそもこの世界にいないので問題なしだ。実際にやるとしたら、現実の世界へ干渉するしかない。

「それなら大丈夫です。選定者《せんていしゃ》でも手を出すことはできませんよ。装備も神話級《ミソロジー》以上が当たり前で、その上、転移も使えますしね」

「む、確かにそれならば、逃げおおせるくらいは簡単か。弟子のお主がそう言うならば、信じるほかあるまい。時間をもらってすまなかったな」

「いえ、同じ分野の人のことって、どうしても気になりますから」

鍛冶師にとって『黒の鍛冶師』は憧《あこが》れであり、崇拝対象《すうはいたいしょう》でもある。そんな存在に近づけるかもしれないという思いもあったのだろう。

逆の立場なら気になったはずだと思うからこそ、シンは知らないの一言で済まさなかったのだ。

「ところで、こっちもお二人に少し聞きたいことがあるんですが」

「なんだ？　少々立ち入った話をしたからな。私に答えられることなら答えよう」

「私も構いません」

ジェイフとクリュックがうなずいたので、シンは質問を続ける。

「行けばわかるとは思うんですが、黒の派閥の拠点についていくつか聞いておきたいと思いまして。移動しているって話ですけど、ハイヒューマンの空飛ぶ城みたいなやつですか？」

シンは、ジェイフから拠点が移動していると聞いた時から気になっていた。

黒の派閥はギルドハウスを利用しているという話だが、有名な組織の拠点ともなれば、小型の移動型ギルドハウスではないだろう。

当然現地に行けばわかるが、迎えが来るまで待機だから、この場で話を聞いてもいいはずだ。

最初は、黒の派閥が拠点にしている場所と聞いて、まさか自分のギルドハウスかと思った。

だが移動しているという点で、少なくともシンの担当していたギルドハウスである『一式怪工房《いっしきかいこうぼう》デミエデン』ではないことは確定している。

そもそもデミエデンは、大きな組織が拠点にできるほど広くはないし、元プレイヤーでもシステム上は使用できないはずなのだ。

いまだに手掛かりの一つもないのは残念だが、他人に利用されるよりはましである。

「あれは、そうだな。一つの都市と言っても過言ではあるまい。もともと黒の派閥は、栄華の落日で主《あるじ》の消えた従者がその遺志を引き継ぐために同志を集めたのが始まり、と言われていてな。その従者が管理していたのが、今の拠点なのだ」

シンたちのギルドハウスであれば『三式駆動基地《さんしきくどうきち》ミラルトレア』や『五式惑乱園《ごしきわくらんえん》ローメヌン』、『六式天空城《ろくしきてんくうじょう》ラシュガム』が該当する。

栄華の落日が起こった際にギルドハウスにいたサポートキャラクターが、そのまま管理を続けていたのだろう。

「そういうことでしたか。デカい拠点が残るってことは、なかなか規模の大きいギルドだったんですね。ところで、引き継いだ遺志っていうのはなんなんです?」

ゲーム時代には、はっきりとコンセプトを掲げるギルドはそれなりに存在した。

この世界で再会したプレイヤーであるひびねこが所属していた『猫人族語尾研究会《ねこじんぞくごびけんきゅうかい》』などは、その最たるもので、所属できるのは外見を猫科の動物をモチーフにしたビーストのみ。さらに語尾に「にゃー」とつけるというのが条件だった。

もともとギルドは、ある程度目的を同じくするプレイヤーが集まるところだ。他にも装備を和風のものに限定したギルドや、ゲーム独自の素材を使った料理研究会のようなギルド、果てはただなんとなくのんびり過ごすだけ、といった緩いコンセプトのギルドも数多い。

ただ、ジェイフの口ぶりから、そういったふわっとしたコンセプトのギルドではなかったのだろうことはうかがえた。

「そのあたりはクリュックの方が詳しいな。説明を頼めるか？」

「ええ、構いません。ただ、だいぶ時間が経っているので、あくまでそういう記録があるという点だけはご了承ください」

クリュックによると、ギルドハウスを引き継いだサポートキャラクターは短命種《たんめいしゅ》だったようで、もういないらしい。

「誰かの役に立つ物作りを、というのが栄華の落日前にギルドの掲げていた方針だったようです。黒の派閥の前組織を立ち上げた初代様はその方針も引き継ぎ、混迷の世を憂《うれ》えて様々な道具をお作りになったと伝わっています」

おそらく、サポートアイテムの作製をメインに据えたギルドだったのだろうとシンは予想する。

「単純な生産系ギルドではないんですね。ところで、黒の派閥の前組織っていうのは？」

シンも派閥については多少情報を得ている。信奉するハイヒューマンの二つ名の色のついた派閥が存在しており、それぞれが得意分野の研究をしているという話は聞いていた。ただ、それらの前組織があるのは初耳だった。

「もともとはバラバラに活動していた組織が集まって、物資や情報を融通しているうちに、今の形になったらしいです。前組織のころから参加していて存命の方もいるので、こちらは間違っていないはずです」

物作り系のギルドといえば『六天《ろくてん》』。これはプレイヤーだけでなくサポートキャラクターにも共通認識だったようで、一番の物作り集団を目指すならお手本にするべき存在はあれだ、となったらしい。

最初期の志《こころざし》も忘れられておらず、開発、もしくは再現できた道具は多くの人の役に立っている。

「他の派閥も、元になったギルドとか拠点があるのか？」

「はい。どこも移動できるタイプの拠点ですね。貴重なアイテムも大量に溜め込んでいますから、下手に一箇所《いっかしょ》に留まれないんです。悪用されると危険ですし、貴重なアイテムを狙って忍び込もうとする輩《やから》もいます。そういうものを狙う奴らには、金貨の山にでも見えるのでしょうね」

忍び込むどころか、大規模な襲撃を受けたこともあるようだ。過去には国が拠点を乗っ取ろうとしたことまであると、クリュックは語る。

そんな理由もあって、外に普及させる道具にはいろいろと気を遣うが、防衛に関しては遠慮無用とばかりに、この世界の基準では破格の性能を持つ設備が、所狭しと設置されているらしい。

「盗人《ぬすっと》には容赦《ようしゃ》する必要なんてないない。消し飛ばしちまえばいいのさ」

ゲーム時代に襲撃を受けて、ギルドハウスの周りを更地《さらち》にした覚えのあるシンは、発言に容赦がない。

　この世界に来てからも、盗賊、もしくはそれに扮《ふん》した犯罪者に襲われたことがある。他人を傷つけて利益を得ようとする相手にかける慈悲《じひ》はない、というのがシンの出した結論だ。

　拠点の防衛設備に関しても「いいぞ、もっとやれ」という心境である。

「まあ、襲ってくる奴らは返り討ちにするとして……黒の派閥って、組織図みたいなのはあるのか？　鍛冶って言っても、作り出すものは武具って決まっているわけじゃないし。そっちの研究はしてないのか？」

　話が逸れたと思ったシンは、聞くつもりだった質問をクリュックに投げかけた。

　鍛冶師の仕事は何も武器や防具を作ることだけではない。シンも、武具以外に鍬《くわ》やシャベルのような農機具、金槌や鋸《のこぎり》といった大工道具、果ては鍋やフライパンといった調理器具だって作る。生産系ギルド『六天』の装備品担当は伊達《だて》ではないのだ。

「大まかではありますが、武具、生産、農業、土木、海洋、未解明技術の六つの部門に分かれていると思っていただければいいでしょう。それぞれの分野の中でさらに細分化しているといった感じです。ただ、あくまで道具に関する研究が主なので、たとえば土木部門が土木技術に精通しているというわけでもありません。道具開発のためにスキルや技術の研究もしていますが、一番の専門家は青の派閥なので。ああ、他の派閥とも意見交換はよくしていますし、とくに対立しているということはありませんよ」

強度を上げる実験をして、その成果が他の部門でも役に立ったということは、日常茶飯事《にちじょうさはんじ》のようだ。

ゲーム時代も、何がどこで役に立つかわからなかったなと、シンはつい昔を思い出す。

サポートアイテムの作製がメインだというシンの予想も、的外れではなさそうだ。

一口にサポートアイテムと言っても、分野によって求められるものは違う。研究する分野の多さはそこから来ているのではないかと思った。

「おわかりかと思いますが、私は武具部門に所属しています。武具と言っても、種類は様々ですからね。私は剣や槍といった、使用者の多い装備の性能向上を目的とした研究をしています。他の部門と協力することも多いですね」

「具体的に聞いても？」

「そうですね。当たり障りのないところで言えば、やはり強度に関する部分ですね。土木関連では、鉱石採取や岩盤を掘るのに、生半可《なまはんか》な道具ではすぐ壊れてしまいます。海洋関連では、船を造る際に強度を高めるにはどうするかという命題があります。金属系の素材は多くの分野で使われていますから、良い結果が出た時はそれを共有しますね。分野ごとに求めているものが少しずれているので、研究成果が別の分野で役立つことは珍しくありません」

金属といっても、強度や状態異常への耐性などは、素材によって千差万別。武具研究で状態変化への耐性について調査していたら、錆《さ》びにくい金属を発見して、それが造船技術に役立った。

岩盤を掘るための強度増加実験の結果を、武具の耐久値増幅に応用した等々、具体例を挙げだすときりがないとクリュックは言う。

「違う分野の知識とか技術が役に立つことって、あるからなぁ」

『六天』内でも装備やアイテムの作製方法について話しているうちに、新しい方法が見つかったりしたものだ。こっちでも同じようなことをしていると知って、シンは少し親近感を覚えた。

「そういえば、技術者のスカウトもやっているんだよな？」

「はい。あまり多くはないですが、選定者の中で生産系に秀《ひい》でた人や、ある程度実績のある人に声をかけさせてもらっています。その過程で人格についても調査しているのですが……」

クリュックの言葉が詰まったのは、先のテロの首謀者《しゅぼうしゃ》であるファンキーファンキーのことを思い出したからだろう。

派閥側の調べが足りなかったか、もしくは色々と偽《いつわ》って入り込んだのか。

奴の性格を考えれば、間違いなく後者。いくら黒の派閥といえども、元プレイヤーの素性をすべて調べるなど不可能。本来の人格や、ＰＫ《プレイヤー・キラー》としての過去を知らなければ、危険人物だという疑いは持たれないだろう。

「これぱかりは仕方ないですよ。心の中を覗《のぞ》けるわけでもないんですから」

精神系スキルで操って本心を話させれば不届きな考えを持つ者を見つけられるだろうが、それはあまりにも非人道的だ。

「とりあえず、聞きたいことはこんなところですかね。あとは、行ってからの楽しみに取っておきます。一応確認なんですが、連絡が来るまではクリカラに滞在していればいいんですよね？　宿はさすがに変えようと思うんですけど、移動先はクリュックさんに伝えればいいですか？」

現在シンのパーティが滞在しているのは、一泊するだけでかなりの金が飛んでいく高級宿だ。そんな場所に迎えが来るまで泊まり続けるのは、シンとしても気が引けた。

それに、ジェイフが出すのか、黒の派閥が出すのかはわからないが、相手に出してもらうには、ちょっとどころではなく気が引ける金額だ。

高級宿に泊まらなければならないというこだわりは、シンたちにはない。普通くらいでいいのだ。

「いや、そこは変えなくてよい。こちらが出すと言ったが、正確にはクリカラが負担するのだ。武具修復の報酬の金額ではずいぶんと配慮してもらったからな。代わりというわけではないが、受けてやってほしい。それに、従業員たちは国の恩人をもてなせると張り切っているのだ。気にせずくつろいでもらいたい」

「まぁ、そういうことなら」

遠慮しすぎてもよくないかと、シンは高級宿『ゆめうつつ』に滞在し続けることを決めた。

†

ジェイフたちと別れ、シンたち一行は宿に戻った。

驚くべきことに、宿の支配人自らがシンたちを出迎え、さらに特別な客しか使えない部屋へと案内した。

今までの部屋でも、いわゆるスイートルームと同レベルといっていいクオリティだったが、こちらはさらに洗練されている。何気なく部屋を構成する素材を鑑定すると、ゲーム時代に高級家具や高品質の防具に使用されていた木材が使われているのがわかった。今の世界では柱一本分でも恐ろしい金額になる代物《しろもの》である。

「お茶もすごい高級品ね。価値を知ってる人なら、金貨でできた部屋に見えるんじゃない？」

「湯飲み使うのも怖くなってきた……」

お茶の詳細を確認したパーティメンバーのセティとティエラが、備え付けの湯飲みに厳しい視線を向けていた。

「粗末に扱わなければ問題ありません。道具は道具です。それに、高級品という意味では月《つき》の祠《ほこら》の方がすごいですよ？」

『よろずや月の祠』の店長代理でもあるシュニーが、ティエラを窘《たしな》める。

「それはそうですけどぉ」

希少素材を使っているという意味では、ティエラが長年暮らしていた月の祠がダントツである。

気負うのはやめなさいというシュニーの言葉を受け、ティエラは深呼吸してから丁寧な仕草で湯飲みを取った。

お茶を嗜《たしな》む三人を横目に、他のパーティメンバー――フィルマとシュバイド、ミルトも、豪奢《ごうしゃ》な部屋で思い思いにくつろいでいる。

一息ついたところで、シンは皆《みんな》に声をかけた。

「さて、クリュックさんの話じゃ、迎えが来るまで一週間はかかるだろうってことだが、どうするか」

クリカラは海に面した国ではないので陸路の移動になり、どうしてもそのくらいかかってしまうとのことだった。飛行機などない世界なので、移動はどうしても時間がかかるのだ。ただ、もしかすると多少早くなるかもしれないとも、クリュックは言っていた。

どちらにしろ、時間を持て余すことになるのは変わらない。錬鉄武闘祭の大会は続くようだが、鍛冶部門のシンは辞退ということになっているので、今後の予定は真っ白だ。

「予定が決まっているのは、この中じゃフィルマとミルトくらいなんだよな」

武闘祭は引き続き行われる。フィルマとミルトはこれまでの試合で負かしてきた人たちの手前、ある程度までやるらしい。

「勝ち抜いてきた以上はそれなりに頑張らないと、敗退した人もかわいそうだしね」

「予選の対戦者は似たり寄ったりに見えたけどな。こう言っちゃなんだけど、ミルトが出てなくても、結果はあまり変わらなかったと思うぞ」

シンの感覚では、クリュックの護衛役であるドラグニルのエラメラをのぞいて、選定者のような突出した選手はいなかった。

また、武具モンスターとの戦闘で負傷したり、自分の未熟さを痛感したりした一部の選手の中には、すでに棄権した者もいる。

なのでシンは、フィルマたちが棄権するのに遠慮はいらないのではと思っていた。

「そうなんだけどね。あんな事件があったからこそ、運営側としては盛り上げたいらしくてさ。ほら、僕ってばちょっと人気出てるし？」

「あー、なるほど」

事件が起こる前から、ミルトはすでに人気を博していた。彼女のような見た目の華《はな》やかさと高い戦闘力の両方を兼ね備えた人物が棄権となると、観客の入りにも影響があるのだろう。

事件の後、棄権も視野に入れて受付に行ったところ、運営側でも幹部クラスの人物が出てきて、頼み込まれたようだ。なお、フィルマも同じく懇願されたらしい。

ちなみに、棄権した選手のことも加味して、本戦トーナメント出場者の対戦表が一部入れ替えになった。その結果、フィルマとミルトがそれぞれ勝ち上がると、二人は決勝で当たることになる。

件《くだん》の幹部という人物が、二人がシンのパーティメンバーだと知っていたのか否《いな》かはわからない。もし知っていたなら、フィルマとミルトの決勝対決なんて盛り上がりを期待している可能性がある。

しかしフィルマはその思惑《おもわく》に乗るつもりはないらしく、少しうんざりした口調で首を横に振った。

「私はそこまで付き合う気はないから、適当なところで棄権するわ。それなりに活躍したからか、パーティに来ないかって何度か誘われてるのよ。シンの名前はそこそこ有名になってきたみたいだけど、パーティメンバーまでは知られてないようね」

もしシンたちの関係を知っているなら、Aランク冒険者がリーダーを務めるパーティのメンバーを引き抜こうとしていることになる。

そうなると、個人ではなくパーティの問題だ。あまりしつこくすれば、Aランク冒険者――つまりはシンが出てくる。

冒険者同士でもそうでなくても、Aランクまで上り詰めた冒険者と面と向かって揉め事を起こそうとする者は少ない。その資金力や戦闘力はもちろん、影響力の面でも、トラブルになった際の不利益が大きいのだ。

それでも声がかかるのは、フィルマの言う通り、彼女がシンのパーティメンバーだということがまだ広まっていないのだろう。

しかし少なくとも、シンの名前とランクがそれなりに広まっているのは間違いない。

また、シュニーとティエラについても、シンのパーティメンバー――というよりは恋人――として認識されているようだった。

なぜなら、事件が起こる前に一緒に街を回っていちゃついているところを多くの人に目撃された結果、一部のナンパ野郎以外は不用意に声をかけてこなくなったのだ。

周囲に「Aランク冒険者の女に手を出すなんてやめろ」と忠告されて、慌《あわ》てて引き返す者もいるらしい。

「シュニーやティエラちゃんみたいに、私とミルトちゃんもシンと一緒に街を回ろうかしら?」

「俺の評判が、何人も女を侍《はべ》らせるクソ野郎になるやつだろ、それ!」

冗談めかしたフィルマの発言に、シンは顔を引きつらせた。

この世界では高位冒険者は男女問わず、複数の伴侶《はんりょ》を持つことが許されている。

それは強者の子を少しでも多く残すためというのがその表立った理由だ。それが許されるほどモンスターの脅威《きょうい》は身近だったし、街が城壁に守られていても安心できない環境であることを意味している。

また、多くの伴侶、子を持っても、全員を養《やしな》えるだけの収入があるならば問題ない、という考えもある。必要以上に貯めこまずに多くの金を使ってくれた方が、経済も回るというものだ。

ただ、一番の理由は、生きて帰ろうという原動力になるから。

愛する者が待っている。帰る場所がある。そういう思いは、諦《あきら》めようとする心を奮《ふる》い立《た》たせる。

それを教えてくれたのは、かつてシンに最後の願いとして戦いを挑み、一撃を入れるまで己《おのれ》を高めたサポートキャラクター・ナンバー3のジラートだった。

シンもこうした考え方を否定するつもりはないが、実行するかどうかはまた別問題である。

「復興作業の手伝いでもする?」

「それも考えたんだけどな。そっちは自分たちでやるって言われてるんだ」

ミルトの提案に、シンは首を横に振りながら答えた。恩人にそこまでさせるわけにはいかないと、事前にストップがかかっている。

クリカラは他国に比べて生産系のスキルを発現もしくは継承している者が多いようで、復旧までには、そう長い時間はかからない見込みだそうだ。

「もともとここに来たのは休息が目的だし、少しくらいだらけるのもありだろうが……だらだら過ごすのもなぁ」

「だったら、皆でプールに行くのはどうかな？」

唸《うな》るシンに、ミルトが声をかけた。

「プール？」

ミルトによると、地熱を利用した温水プールがあるらしい。

ただし、娯楽施設《ごらくしせつ》というよりも、泳ぎを覚えるための訓練所のようになっているという。

現実世界でのミルトは病院でほぼ寝たきり状態だったため、プールに行ったことがないそうで、言い出しっぺながらも一番わくわくしているのがよくわかる。

「大会中にわざわざ水中戦の訓練をしようって人は少ないらしくてさ。地下にあるから今回の騒動でも被害はないみたいだし、ちょっと行ってみない？」

設備の内容を詳しく聞くと、水に慣れるために徐々に水深が深くなっていくタイプや、競泳で使うようなレーンのあるタイプ。他にも川の流れを再現した、いわゆる流れるプールなどもあるという。

泳ぐという行為自体が娯楽の一つだったシンの世界では、よく見たものだ。

しかしこちらの世界では、泳ぐという行為の意味が生存のための技能という扱いなので、あまり人気はないようだ。

ミルトは、二日は武闘祭に参加し、そのあとはプールに行くつもりだという。

「こっちに来てからそういうのなかったからな。たまにはいいか。皆はどうする?」

「お供します。スキルなしで泳ぐ練習をするにはちょうどいいですし」

シンたちが大会を楽しんでいる間に、シュニーはある程度近場は回り終えたようだ。せっかくの機会だと、参加を表明する。

「シュニーが行くなら私も行こうかしら。前は海の中でちょっと泳いだだけだしね」

「じゃあ、私も」

「我も行こう」

続いて、フィルマとティエラ、シュバイドも参加の意思を示した。

「んー、あたしはパス」

メンバーの中でセティだけ行かないという。彼女は泳ぐことにあまり興味がないと、はっきり告げた。

「シンがこれまで集めてきたよくわからないアイテムの解析もしちゃいたいのよ。どういうものなのか、個人的に興味もあるしね。どうせこの先もいろいろ巻き込まれるだろうから、暇な時間は活用しないと」

「巻き込まれたくはないんだけどなぁ」

不本意だという意思を込めてシンは言う。トラブルに愛されたくなどない。

セティとしては未知のアイテムの方が興味深く、研究者としてもこちらを優先したいようだ。

「ユズハとカゲロウはどうする？　いや、そもそも入れるのか？」

エレメントテイルのユズハと、グルファジオのカゲロウをプールに連れて行っていいのかと、シンは首を傾《かし》げる。

「モンスターはどうだろう。施設は人用って話だから」

「だったら、ユズハ変身する。カゲロウ、留守番」

「グルゥッ!?」

カゲロウの鳴き声は、人ならば「そんなぁ!?」と聞こえそうだった。留守番と言われてショックだったのは間違いない。

「確認して、ダメそうなら影に潜って……いやさすがに水の中は無理か？」

シンの問いかけに、カゲロウは首を縦に振る。影の中という特殊な空間ではあるが、水中だと勝手が違うらしい。

「水中で呼吸ができるようになる装備を使ったらどうだ？」

調教師用の装備の中に、プレイヤーと同じくパートナーモンスターに水中での呼吸を可能にするものがあった。陸上に棲息《せいそく》するモンスターを水中ダンジョンなどで運用するための装備だ。

ゲーム時代は水中用のパートナーモンスターがいない場合や、パートナーモンスターの編制を変えたくない時などに使われていた。

「わからないって言ってる。でも泳げるから、近くにいるだけでもいいって」

ユズハがカゲロウの言葉を代弁した。

「まあ、行くのは訓練所でも、目的は遊びみたいなものだしな。とりあえず、普通に使う分には問題ないだろう。パートナーモンスターも一緒に入れるかどうかだけ確認するか。もし入れるなら、影に潜ってる時にも効果があるか、確認させてくれ」

「ぐるっ」

うなずくカゲロウの頭を、シンは一撫でする。

街中でもモンスターを連れた人物はそれなりに見かけている。調教師というジョブも、凄《すさ》まじく希少というわけではないはずだ。

クリカラほどの規模の国ならば、そのあたりも考慮されているに違いない。

カゲロウはとくに水に入りたいわけではないようなので、ティエラも自分だけがと気兼ねする必要もない。

「じゃあ、フィルマとミルトが大会を棄権したら、皆でプールに行くということで」

フィルマとミルトが大会を棄権するまで時間があるので、シンはアイテムの解析をしたり、鍛冶のアイディアを練ったりして過ごすことにした。

手に入れたはいいが、いまだに何に使うアイテムなのかわからないものや、原理の不明な道具があるのだ。アイテムの一部は『六天』の一人にして『赤《あか》の魔術師《まじゅつし》』ことヘカテーのサポートキャラクター、オキシジェンとハイドロにも解析を頼んでいる。

一旦クリカラから離れて、シンは月の祠へ。

アイテムの解析をすると言ってついてきたのは、シュニー、ティエラ、セティ、ユズハ、カゲロウだ。

「さすがにそろそろ、これをどうにかしたいんだよな」

「でも、スキルでも機材でも、どういう原理で操ってるかわからなかったじゃない」

シンの言う〝これ〟とは、教会の司祭が聖女やベイルリヒト王国の孤児院にいるミリーを操るのに使った『隷属《れいぞく》の首輪《くびわ》』のことだ。

ゲームだった頃のイベント「嘆《なげ》きのマリオネット」で実装され、味方やイベントNPCが操られてしまうという効果があった。この世界でもその力は健在らしく、選定者でさえ逆らえなかった。

セティの言う通り、どういった方法で対象を操っているのかは不明だ。

構造や効果を調べて解除用のアイテムを作るという目的で譲り受けたが、いまだに成功していない。そもそもゲーム時は、解除用アイテムなどなかったのだ。

スキルで解析した限りでは、普通の首輪にサイズ自動調整のスキルが付与されているだけ。にもかかわらず、異様に耐久値が高く、身につけると、首輪を取りつけた相手に操られてしまう効果がある。

この「相手を操る」という部分が、シンたちにもよくわからなかった。スキルで見た限りでは、そんな魔術的なものは付与されていない。

「瘴気《しょうき》を纏《まと》っているわけでもないし、装着されていない状態なら、破壊できないわけでもないんだよな」

誰かに装着されると、ただでさえ高い耐久値がさらに跳ね上がる。この性質も謎だ。

「実際に身につけてみるのはどう？　今まではすぐにシンのスキルで外しちゃったんでしょ？」

自分が身につけるから調べてほしいと、セティが言った。

未装着時にはわからないことがわかるかもしれないという考えは理解できたが、さすがに彼女を実験台にしようとはシンも思わない。

シュニーとティエラも、シンと同じく難色を示した。

「でも、シンなら変な命令はしないだろうし、解除した後、私もどんな感覚だったか説明できると思うわ」

確実に解除できる上に、もし暴れだしても、シンやシュニーがいるならすぐに取り押さえられる。その確信があるからこそ、この提案をしたのだとセティは食い下がる。

「シンが主になるなら、私でも――」

「それはダメ」

シュニーの言葉を、セティが断固とした口調で遮《さえぎ》った。

「シュー姉《ねえ》、それは絶対にダメよ」

「セティ？」

「シュー姉はシンと一緒に別の世界に行くんでしょ？　なら、こんなものに身を任せちゃダメ。向こうに行く時に、どんな影響が出るかわからないわ。こういうのは、こっちに残るあたしみたいなのが適任よ」

それだけは譲れないと、セティはシュニーと『隷属の首輪』の間に移動する。

「それに、状況的にシン以外に外せる人がいないっていうのはまずいと思うの。精神系スキルより性質《たち》が悪いわ」

「そりゃそうだけど……わかった。対策がほとんどないのも、まずいしな」

真剣な表情で見つめてくるセティに負けて、シンは渋々承諾した。

解除する手段がある精神系スキルより危険だという言葉が、最後の一押しだった。

理由が理由だけに、シュニーも反対しきれないようだ。

適当に盗賊でも捕まえて実験台にするという手段もあるが、彼らが進んで協力することなどないだろう。隷属状態を解除した後の話を聞いたとしても、簡単に信用できない。

「じゃあ、つけるぞ」

装着した後に何をするか話し合ってリスト化し、最後にもう一度確認してから、シンは具現化した『隷属の首輪』をセティに装着した。

「どうだ？」

「あまり変わった感じはないわね。でも、シンに攻撃しようとすると、体が動かないわ」

不快な感覚などもないようだ。試すことの一つであった主への攻撃は、やはりできないらしい。言葉の通り、体は硬直して動かず、攻撃用の魔術を使用するために魔力を溜めようとしてもうまくいかないという。

「全力で抵抗してるけど、ダメね」

シンから何か命令を受けた際も、ほんの少し動きを鈍《にぶ》らせるくらいはできても、命令自体を拒否することはできなかった。

逆に、命令と自分の意思の方向性が合っていると、いくらか能力を強化するスキルに似た効果があることもわかった。プラスの効果と言えなくもないが、それならば、普通に能力上昇系のスキルやアイテムを使った方がよほど効果的だろう。

テスト内容をリスト順に消化していく。恥ずかしいものや屈辱的《くつじょくてき》なものもあるので、シンは解除用アイテムができ次第、このテスト結果を破棄しようと心に決めた。

「本当に、相手の意思を無視して従わせるだけのアイテムだな」

イベントの一つとはいえ、厄介なものを実装してくれたな……と運営に文句を言いながら、シンは解除方法を模索《もさく》する。

ゲーム時代では、操られた相手は倒すのが基本だった。だが、それは相手を殺すという意味ではない。ゲーム内ではたとえＨＰが０になっても死にはしないという設定だ。叩きのめして正気に戻すというのが、一番近い表現だろう。

しかし、今はもうその方法をとることは不可能だ。この世界でＨＰが０になることは、死を意味する。

「公式の解除アイテムがないっていうのがな。それっぽいアイテムってことなら、このカードに称号の力を封じ込めるっていうのが手っ取り早いけど」

シンの行う首輪の解除は、称号の力によるものだ。スキルを使うのとほぼ同じ感覚で使用できる。

もしこれがスキルと同じ扱いなら、スキルを封じ込めてストックするアイテムに使えないかと、シンは考えた。

結晶石《けっしょうせき》を特殊な溶液に溶かし、それを染み込ませたカードがそれだ。正式名称は『封技札《ふうぎふだ》』という。

近接攻撃主体のプレイヤーが遠距離攻撃の手段として魔術スキルを込めたり、斥候役《せっこうやく》のいないパーティがダンジョン攻略の際に罠《わな》を看破《かんぱ》するスキルを込めておいたりと、用途は多かった。

使用した結晶石のランクで、込められるスキルのランクや効果が変化する。

なお、気を付けなければならないのは、それを使用できるプレイヤーが使った時よりも、一段階効果が落ちるという点だ。攻撃用スキルなら威力や射程が、回復用スキルなら回復量や解除できる状態異常のランクなどが変わる。

今回使用したカードは最高ランクの結晶石を使用している。これでだめなら、現状ではカードに称号の力を込める案は期待できない。

「込められは……するみたいだな」

厳密にはスキルとは別物なので、成功するかも不明だったが、用意したカードはスキルを封じ込めた時と同じ光を発した。

カードの表面には表面にスキル名、裏面にスキルに応じた模様が浮かび上がる。

称号を元にしているので、スキル名や模様は出ないと思っていたシンだったが、その予想に反して、カードの裏面には模様が描かれていた。

「表のスキル名がないのは、まあわかるとして。裏のこれはなんだ……？」

「……私にはこちらに手を差し伸べているように見えますね」

シンは確証が持てなかったので、疑問形だ。シュニーには、誰かがこちらに向かって手を差し伸べている様子を抽象的に描いているように見えるという。

ティエラとセティもそれぞれ意見を口にする。

「こっちに何かを差し出しているみたい……?」

「人によって見え方に差が出る模様よね。私はこっちから手を伸ばしているように見えるわ」

ティエラとセティもそれぞれ別の感じ方をしていた。

はっきりと描かれているわけではないので、受け取り手次第なのだろう。

皆の意見を聞いてから改めて模様を見たシンには、これといった何かを現しているとは思えなかった。あえて言うならば、風や水を表わしたような模様といったところだ。

「あとは、効果があるかだな」

カードに込められても、効果がなければ意味がない。『隷属の首輪』は複数あるので、セティにつけられた状態で試すことにした。

「では、私が使いましょう」

使用者にはシュニーが名乗りを上げた。今はシンが首輪の使用者だ。だから彼がカードを使っては、首輪の主が自分で解放した扱いなのか、カードの効果で自由になったのかわからないと、シュニーが言う。

「それに、私にはティエラのような特別な力はないですし、シンやミルトのように元プレイヤーというわけでもありません。この中では、一番イレギュラーが起こりにくいでしょう」

「そうだな。頼む」

シュニーは手渡されたカードをセティの首に向ける。

本来ならスキル名も口にするところだが、書かれていないので、シュニーはキーとなる言葉だけを発した。

「解放《リリース》」

その言葉に反応して、カードが発光する。カードは細かな光の粒に変わって宙を舞い、それがセティの首へと動いた。光の粒は首輪に貼り付くように全体を覆う。

数秒して、首輪が砂でできていたかのようにぼろぼろと崩れた。首から外れ、地面に落ちる間にどんどん原形を失っていく。

そして、地面に触れるより先に、空気に溶けるように消えてしまった。

「見た感じ、成功っぽい？」

「試してみよう」

一見すると、成功したように思える。

ミルトの疑問を晴らすため、シンは先ほどの実験と同じ命令を出した。しかしセティに変化はない。続けて命令するが、それも効果はなかった。

一通り試してみて、シンはセティが完全に首輪の支配から脱していると結論を出した。念のため解放者の称号の力も使おうとしたが、発動することはなかった。効果が発動しない相手に対して使っても何も起こらないのは確認済みなので、間違いないだろう。

「俺が関わらないといけないってところは変わらないが、俺以外でもどうにかできるようになっただけましか」

「シンがいなくなった後もアイテムは残るもの。今のうちに首輪対策兼研究用として、たくさん作っておいてもらいましょ」

セティの言うことももっともで、現状ではシンの称号の力以外に対抗策がないのは変わらない。ただ、カードとして残っていれば、セティたちでも対応できる。カードを元にして、新しい対抗手段が開発される可能性も残る。

シンがいなくなった後――そう口にしたセティの表情に、悲観の色はない。

「それ、俺が一番大変なやつじゃないか？」

「今やれるのはシンだけだもの。まずは実戦用、研究用、それにいざって時のための切り札用。占めて千枚は作ってもらおうかしら」

「観賞用、布教用、保存用みたいに言うなよ。しかも千枚って……」

シンがいなくなったら作製できないから、数が多い方が良いのは理解できるが、作業のことを考えると今から気が滅入《めい》ってくるシンだった。

†

「プールだー！」

シンがひたすらカードに力を込める日々が過ぎ、訓練用プールに行く日が来た。

この世界では、川でも海でも水辺で遊ぶという行為そのものに危険が伴《ともな》う。そのため、安全に遊べるプールに、テンションが上がっているようだった。

「はしゃぎすぎだぞ」

「この日のためにわざわざ水着の設定をしたんだから、楽しまなきゃ」

ミルトの言う設定とは、装備の見た目を変化させることだ。

鍛冶のスキルに、水に潜ると装備の見た目や重さを変化させるものがある。それを行えば、装備を切り替えなくても即座に水中戦に移行できる。船の上で戦っていた際に海に落ちた、などという時に重宝した。

このスキルを使うと、元が全身金属鎧であっても、水中では軽やかに動けるのだ。スキルの熟練度と装備の重量によって多少のペナルティはあるが、防御力はほぼ据え置きになる。

ちなみに、今の時代では最初から水中に入って戦闘を行う時の装備は、ウェットスーツのように全身を覆うタイプが主流だそうだ。

施設の説明を聞きに行った際にその話を聞いたシンは、そのタイプの水着を用意しようとしたが、ミルトが本来の装備を使ってこその訓練だと主張した。

そのため、新調した装備に水着への変化をするように付与を行ったのだった。

「まあ、他にプールを使う奴はいないらしいし、遊んでもいいだろ」

水中戦専門でない者たちは、スキルやアイテムによって陸用の装備を切り替えて使用するか、最悪の場合、そのままの装備で水中戦を行う。

水中戦用の装備は陸地ではその持ち味を出せないため、資金に余裕がないと、わざわざ用意しようとはならないのだ。

プールの使用者が少ないのは、そういった事情もあるのかもしれないとシンは思った。

「付与は二人きりでしたらしいけど、どうだったの？　ミルトちゃんのスタイルなら、ずいぶん楽しめたんだろうし、シュニーに怒られても知らないわよ？」

フィルマのからかうような発言に、シンは余裕をもって答える。

「それについては、すでに手を打ってある」

どんなデザインの水着になるかは完全にランダムなので、好みのものが出るまでひたすら付与を繰り返す。

そのため、ファッションショーのような状態になるのは珍しくない。

デザインによっては少々きわどいものもあるため、ゲーム時代も異性に付与を頼む者は少なかった。ミルトの場合は、恥ずかしがるどころか堂々と見せつけてきたので、眼福と言えばその通り。

しかし、そうなると心配なのはシュニーの機嫌である。

そこで、シンはシュニーに水着のデザインを変えてみないかと提案したのだった。

「あら、いつの間に」

「フィルマとミルトが武闘祭に出ている間にな」

「私もデザイン変えてもらえばよかったかしら」

「絶対よからぬことを考えてるだろ！」

ニヤリと笑ったフィルマに、シンはジト目で返す。

やりすぎることはないだろうが、からかわれる身としては勘弁してほしかった。

施設に到着して受付を済ませると、それぞれ更衣室を通ってプールへ向かう。

水に入らなくても装備を水着に変化させられるので、ほとんど素通りだ。ただ、水着への変化はあくまで水中戦を前提としているため、陸ではステータスにマイナス補正がかかる。

これは、水着への変化を利用して、重装備を軽装備として使おうとするプレイヤーがいたために施《ほど》された修正が原因だ。それはこの世界でも適応される。

とはいえ、シンたちもこういう場面でなければわざわざ水着にしたりはしないし、そもそもの装備が軽装なので、マイナス補正などないに等しい。

「……俺たち以外に使用者がいなくてよかったな」

「うむ、身内《みうち》贔屓《びいき》を抜きにしても、他の使用者の訓練に支障が出ただろうな」

更衣室に繋《つな》がる通路から出てきた女性陣を見て、シンとシュバイドはうなずき合う。

皆、その肢体を惜しげもなくさらしており、男女問わず目が行ってしまうのは間違いない。

「シュニーもミルトちゃんも、結構雰囲気《ふんいき》変えてきたわね。私も変えればよかったかしら」

「でも、たまにすごいの出ますよ？」

フィルマとティエラは以前海に出た際の水着からデザインの変更はないが、瑞々《みずみず》しい美しさもまたそのままだ。

フィルマの発言にティエラがあまり良い顔をしないのは、自身の水着の形状を決める際に少々際どいデザインが出てしまったからだろう。

プールには行かないと言っていたセティだったが、結局説得に応じて一緒に来ている。

「わかってたけど、皆、隠す気ないわね」

シンはセティの水着を、この世界で初めて目にした。

白地に華やかな花柄が浮かぶワンピース姿は可愛《かわい》らしく、ツインテールになった髪型も似合っている。ただ、彼女の視線は他の皆の胸元に向かっている。

普段の服装よりもスタイルが顕著《けんちょ》に出るので、どうしても差が気になってしまうようだ。

今回、装いが変わったのがミルトとシュニーだった。

「ふっふっふ。スク水も悪くはなかったけど、人前に出るならこういうやつじゃないと！　それにしても、シュニーさんもデザインを変えたのは聞いてたけど、結構攻めたね」

「そういうつもりはありませんが」

「そぉかなぁ？　前のやつより、セクシーじゃない？」

ミルトは更新前の装備『和道闘衣《わどうとうい》』ではスク水というマニアックな設定だったが、更新後の装備である『流艶華装《りゅうえんかそう》』では白のビキニに淡いピンク色のフリルが付いたものに変えていた。フリルはトップスが見えるくらいに薄く、色合いによっては隠せたであろう双丘は、相変わらずその存在を主張している。ただ、本人のはしゃぎようのせいで、子供っぽい雰囲気が強い。

そんなミルトに対して、シュニーの方は涼《すず》やかな青のビキニから黒いクロスホルターと呼ばれるタイプのビキニに変わっていた。首の前で交差した紐によって胸が中央に寄せられているため、深い谷間がより強調されている。また、ボトムスはレイヤードタイプになっており、派手さを好まないシュニーが纏うと、余計に想像を掻き立てられる見た目だ。

「ふぅん。シュニーが自分で選んだって感じのデザインじゃないわね。ミルトちゃんへの対抗心かしら」

フィルマのつぶやきを聞き、セティが首を横に振った。

「いやいや、フィル姉。多分、ミルトが変えるから自分もっていうのはただの口実で、本当は形状変化させた時のシンの反応が見たかったのよ。前のもシンが決めたやつだけど、今とは状況が違うし」

きっと一番反応が良かったのがあれなのねと、セティが持論を展開する。

それが聞こえていたシンは、よくわかってらっしゃると心の中でうなずいた。

パーティメンバーには伝えていないが、シュニーの水着のデザインが決まるまで、ミルトの倍の時間がかかっている。それだけ入念に選ばれた一品なのだ。

水着の変更を勧めたのはシンだが、シュニーも様々な水着を身につけるのを楽しんでいたのは間違いない。

ちなみにボツとして流れてしまったものも、一通りスクリーンショットで映像として残してあったりする。他人には絶対に見せないからとシュニーに拝み倒した末の戦利品だ。

「水着のことはいいですから、訓練の準備をしますよ」

「え、遊ぶんじゃないの⁉」

訓練を始めようと促《うなが》すシュニーに驚いて、ミルトが目を見開く。

「使っているのが私たちだけとはいえ、訓練所なのですから。多少はそれらしいことをしませんと、示しがつきません」

「監視員がいるわけでもないないのに」

「気構えの問題です」

「むぅ、なら、久しぶりに全力でやらせてもらうよ」

シュニーの発言にショックを受けていたミルトだったが、強い相手と戦うのも好きな彼女だった。

それはそれと、気分を変えたらしい。

シンがこちらの世界に来てしっかりと水中戦を行ったのは、ギルドハウスの一つ『二式強襲艦《にしききょうしゅうかん》セルシュトース』を捜索した時くらいだ。

大型ボスとの戦闘にダンジョンの探索と簡単なものではなかったが、こちらでの経験という意味ではやはり少ない。

水中戦の感覚を錆びつかせないために、ある程度の訓練を積むのは無駄にはならない。最初の一時間ほどは訓練に使うと決め、一対一、一対多数の模擬戦を行った。

メンバーのステータスが高いので、短時間でも内容は濃密だ。

ユズハやカゲロウも装備をつけると水中戦は難なくこなした。もともと水中呼吸用の装備は使えていたのだから、他が機能しない理由もないだろう。

ただ、水中ではカゲロウの能力である【影潜《シャドー・ダイブ》】は使えなかった。水底にできる影には潜れるみたいだが、それでは陸のようにすぐ近くに隠れて待機することはできない。

水中では姿を見せたまま、そばにいることになりそうだ。

訓練が終わると、土術《どじゅつ》でプールサイドに砂浜を再現し、ビーチバレーを行うことになった。発案はミルトである。これも、彼女がやってみたかったことの一つらしい。

「それ！」

ミルトの掛け声とともに、ボールがすさまじい勢いで叩き込まれる。

レアな素材を使って作られたバレーボールもどきはミルトの一撃に耐え、残像を残す勢いで宙を駆けた。

点はやらんとボールを受けたシンの腕に、衝撃が走る。

スキルを使って皆のステータスが同じくらいになるように調整してあるので、高い能力によるごり押しは不可能だ。

周囲の砂が衝撃で巻き上がるが、シンはしっかり受け切った。

勢いを殺されたボールが宙を舞う。

そこへ、わかっていたようにシュニーが跳んだ。スパイクは的確にコートの隅へ。

セティが読んでいたとばかりにレシーブの体勢をとる。

しかし、まっすぐ進んでいたボールが、突如蛇行《だこう》した。

「あ、ちょっ⁉」

ボールの速度と変化が、セティを惑わせた。反応速度は変わらないが、ステータスが下がっている分、動きに遅れが出た。腕にこそ当たったが、ボールはあらぬ方向へ飛んで砂浜を転がる。

「ラリーが続きすぎるからスキルありにしたけど、意外と楽しいね」

「そうだな。こういうスキルの使い方もあるって発見にもなったし。最初はどうなるかと思ったけど」

とりあえずで始めた当初は、ボールが残像を残す速度で打ち込まれる〝バレーのような何か〟だった。

今はステータスを制限したことでそれらしくなっているが、やはりシンの知るビーチバレーとは少し違う。

しかし、それを指摘するのは野暮《やぼ》というもの。ミルトだけでなく、他のメンバーも楽しんでいるようなので、これもありだ。

「さて、次は俺が審判か」

メンバーはくじ引きでチームを組み、審判は交代制だ。スキルという特殊技能ありなので、一チーム三人という変則設定である。なお、ユズハとカゲロウは見学だ。

「それにしても、これは」

飛び交うボールを確認したシンは、無表情を装いつつ内心で唸った。周りに誰もいないからか、皆動きに加減がない。

そのため、揺れる。何がとは言わないが、揺れるのだ。

見た目が水着でも、装備の効果で肉体的負担はない。加えて、ステータスを制限していると言っても、一般人より遥かに動きは激しい。

いつもより露出が多い格好で、跳んで、屈んで、走る。

シンとて、決してそこばかり見ているわけではないが……悲しき男の性《さが》か、つい目がいってしまうのだった。

「……あとが怖いな」

一瞬、こちらを向いたシュニーと視線が合った。間違いなく気付いている目だ。

やべっ、っとシンが思ったのとほぼ同時。シュニーの右腕が一瞬、自らの胸を持ち上げるように動く。

怒っているような、拗《す》ねているような、そんな表情。

——見るのなら、私のだけにしなさい。

そう言われた気がしたシンだった。

Chapter 2 黒の派閥

THE NEW GATE

「ではこちらへ」

黒の派閥からの迎えは、予定より二日早くやってきた。

一日馬車でクリカラを出て、人目のつかないところで合流したのは、見上げるほどの巨体を持った鳥型モンスターのメガバードだ。

遠くからでも目立つ巨体を、黒の派閥が開発した迷彩装備が隠している。

シンたちの【隠蔽《ハイディング》】とは違う、光の屈折を利用したタイプだ。完全に周囲に溶け込むのではなく、見えづらくなる程度の効果だが、空を行くにはそれで十分。

合流するために地上に降りる時は、装備を多重起動させてごまかしているようだ。

メガバードはゲーム時代も長距離輸送の一翼を担っていたモンスターで、NPCの商人たちが使役していた。

NPC専用の輸送モンスターで、商人プレイヤーでもメガバードを扱うことはできなかった。

プレイヤーがNPCに命令や依頼する形で輸送手段として使うのが一般的だ。

使役こそできないが、メガバードに内装工事をしたコンテナを運ばせ、その中から景色を楽しむ遊覧飛行というコンテンツもあり、人気を博していた。

シンたちを迎えに来たメガバードも、すぐ隣《となり》に移動用コンテナが置かれている。

移動手段を聞いた時に「多少早くなる」と言っていたのは、メガバードが使えれば、ということだったようだ。

もともと伝えられていた日数も少なかったが、さらに少なくなるというのも、これならば納得だ。

航空輸送は運べる量こそ少ないが、速度は圧倒的である。

移動している拠点に戻るのも、この方法なら場所によっていちいち移動手段を変えなくていいし、災害やモンスターといった予想外の事態に左右されないので確実だ。

シンはこちらの世界に来てからメガバードを見たことがなかったので、てっきりもう使われていないと思っていた。そのため、輸送や移動の選択肢から空路を外していたが、そういうわけではないらしい。

「便利なもんだな」

コンテナの中から小さくなっていく大地を眺めながら、シンはなんとなく思ったことを口にした。

「僕は使ったことなかったけど、人気があったのもわかるね」

ミルトとは違って、シンはゲーム時代に一度乗ったことがあった。あの時は景色を眺めて終わりだったが、今は色々と用途を思いつく。

「そういえば、黄金商会では見なかったな。これを使えば……」

『三式駆動基地ミラルトレア』や、『金《きん》の商人《しょうにん》』レードの人形――ウェルベラッドを追う時に、もっと速く移動できたかもしれないと、シンは思った。

だが、そう都合よくメガバードがその場にいるわけもないし、飛行距離や補給の問題もある。

転移はプレイヤーやサポートキャラクターが使うものだったので、NPC専用モンスターを一緒に転移させられない可能性もあった。

黄金商会がメガバードを所有しているかどうかわからないが、使わなかったということは、使えない理由があったのだろう。

「何かあったのですか?」

「ああ……いや、あそこなら何羽か使役しててもおかしくないかなって」

クリュックの問いに、ちょっと苦しいかと思いながらシンは答えた。

「黄金商会でも、保有するメガバードの数は限られるでしょうね。維持にはかなりのコストがかかります。それに、メガバードを飼育できる者もかなり減っていますから」

メガバードはゲーム内では数少ない、NPCが飼育と繁殖《はんしょく》をするモンスターでもあった。

プレイヤーが関わることはほとんどないので、〝そういうことをしている〟くらいの認識を、調教師など、一部のプレイヤーが持っている程度だ。シンも詳細は知らない。

今シンたちを運んでいるメガバードを操っている御者《ぎょしゃ》のジョブを確認したが、『鳥従士《ちょうじゅうし》』という、聞いたことのないものだった。

雑談をしながら過ごしていると、地上の景色が変わる。

草原や荒野の緑や茶色から、濃い青へ。

海に出たようだ。

眼下に、港から出た漁船や、長距離航海用の大型船が見える。

それらを見送って、さらに進んだ先。見渡す限り海以外に何もない空間めがけて、メガバードが降下を始めた。

向かう先の景色が少しだけ歪《ゆが》んでいる。どうやら本拠地も迷彩装備の機能をつけているらしい。

「うわっ、何あれ！」

ティエラが驚くのも無理はない。

ある一点を過ぎた瞬間、突如目の前に島が現れたのだから。

「ここが我々の本拠地。パルダ島です」

「パルダ島……そうか。元は柊連合《ひいらぎれんごう》のギルドハウスか」

クリュックが言った島の名前に覚えがあったシンは、それを所有していたギルド名を口にした。

柊連合は単一のギルドではなく、複数の生産系ギルドが集まってできた、一種の共同体だ。

ギルドハウスも、島の購入資金を全ギルドで出し合って、共同購入という形をとったと聞いている。

「シン殿はここを知っていたのですか？」

「いえ、旅の途中で聞いた話に出てきた名前をたまたま覚えていただけですよ。エルフやドラグニルには、昔のことを実際に見聞きした人が残っていますから」

「なるほど、拠点を定めず世界中を旅するがゆえの知識ですか」

感心するクリュックに、そんな大仰《おおぎょう》に受け取らなくてもいいんだけどと思いながら、シンは曖《あい》昧《まい》にうなずいた。

一時期有名だったから見に行ったことがあるだけです、とは言えない。

メガバードは島の中心にある広場に降りた。

少し離れたところに数羽のメガバードがいる。空からは広場の横に牧場のようなものが見えたので、飼育施設が併設されているらしい。

シンたちのコンテナを降ろすと、御者は厩舎《きゅうしゃ》と思われる場所へメガバードを誘導していた。

コンテナの方は車輪がついており、そのまま馬で引いて移動できるようになっている。

「まずは黒の派閥の代表の方々に会っていただきます」

「それって、前に聞いた部門長ってやつですか？」

「そうです。一応は施設を見せる前の面談ですが、そのまま各専門分野の意見交換会になることが多いですね」

パルダ島に招待されるような人物は、大体が物作り大好き人間だ。未知の技術を知れるならばどこまでも、というタイプも多い。

クリュックが言った通り、自分の得意とする分野の部門長と意気投合することも少なくないそうだ。皆同じ体験をしているだけに、そうなったらなったで、誰も止めないらしい。

「どういう奴かの最終チェックだろ。それでいいのかと思わないでもないけど、気持ちはわかるんだよなぁ」

長ともなれば、所属する分野において豊富な知識を持っているに違いない。

同時に、未知の技術や知識には強い興味を示すはずだ。シンのように招待される者は、たいていが生産系の選定者であったり、特別な人物の弟子だったりすることが多く、話がとても合うのだろう。

シンも似たような経験があるため、うなずくしかない。

どんな人物かはパルダ島に呼ぶ前にチェックしているので、連れてきた時点で審査など必要ないも同然だ。

「こちらです」

コンテナから降りると、そこにあったのは大きな門。門の向こうには、工場とでも言うべき建物の上部が見える。実際、中身は生産関連の施設だという。

門が開くと、上部だけが見えていた建物の全容が現れ、中の喧騒《けんそう》が耳に届く。

馬に金属でできた柱を運ばせている者、紙の束を抱えて走る者、大声で怒鳴《どな》り合っている者など、ゲーム時代に多くの生産ギルドで繰り広げられていたのと同じ光景が、そこにあった。

何人かはシンたちに気づいた様子だ。近づいてくる者もいたが――

彼らが話しかけるより先に、工場の奥から爆発音が響く。

その音に、慌てて戻っていく者が数名。それ以外は、「またか」とでも言いたげな表情で、それぞれの目的地へ歩を進める。

慌てている者も、切羽詰《せっぱつ》まったというよりは、ちょっとした隠し事がバレた時のような様子だった。

「これぞ生産系の日常って感じですね」

「爆発するような実験はするなと、お達しが出ているんですがね……」

シンの感想に、クリュックが苦笑した。

「意図せず爆発するのはどうしようもないですよ。素材の中には、なぜそうする必要があるのかわからない処理が必要なものもありますから」

ゲーム時代の爆死経験者のシンとしては、新素材に挑む時は、とりあえず何度か死ぬ覚悟が必要だと知っていた。

さすがにこの世界ではそういうわけにもいかないので、安全マージンは取っているのだろう。

そうでなければ、さっきの爆発も一部の者が少し慌てるくらいでは済まないはずだ。

「やはりあるのですか。我々の研究している素材の中にも、処理方法がわからないものや、今のように爆発してしまうものがあるんです」

「もうやってるとは思いますけど、新しい処理方法を試す時は、耐熱加工した装備とか障壁を展開できる装備なんかを用意した方がいいですよ。上位モンスターの素材なんかは、素材を確保するのも大変なのに、加工する時にも殺しにきますからね。本当に勘弁してほしいですよ」

実際のところ、爆発以外にも、各種状態異常を付与してくるものや、あの手この手でダメージを与えてくるものもある。新素材の処理方法を探すのは、命懸けなのだ。

今のシンは状態異常に強く、防御力も桁違《けたちが》いなので、そこまで気をつけなくても良いが、それでも新素材を試す時には油断できなかった。

建物の中に入るとすぐに、会議室のような部屋に通された。

対面で話ができるようにテーブルと椅子が用意されており、片方にはすでに作業着を着た六人が座っていた。クリュックの言っていた部門長だろう。

シンたちが部屋に入ると、全員が立ち上がった。

「ようこそ、黒の派閥へ。まずは招待を受けてくれたことに感謝を。こんな部屋で申し訳ないが、かけてくだされ」

最初に話しかけてきたのは黒髪黒目のドワーフ。たくましい腕と横に広い体形は、他の国で見たドワーフと同じ特徴だ。

豊かな髭《ひげ》がある一方、頭頂部は実にスッキリしている。

「まずは自己紹介を。儂《わし》は武具部門の長をやっているドルク・ユルクという。そちらから見て、儂の左側に座っているのが、近い順に生産部門長のユラ・エギン、農業部門長のボルド・マー。右側に座っているのが、近い順に土木部門長のブッド・ダカス、海洋部門長のシィマ・ラーメイン、未解明技術部門長のヴァンク・テノーグです」

ドルクの紹介に合わせてシンは視線を動かす。

生産部門長のユラは、ロングの茶髪を首の後ろでひとまとめにした女性だ。見た目は二十代くらいのヒューマンと変わらないが、ロードやドワーフの可能性もある。

農業部門長のボルドは、ゲームでは定番だった金髪碧眼《きんぱつへきがん》のエルフだ。非常に整った顔と長い耳は間違いようがない。整っているがゆえに性別がわかりにくいが、おそらく男だろう。

土木部門長のブッドは初老の男性だ。その見た目からして、ヒューマンかドワーフといったところか。短く刈り込んだ黒髪やガッシリとした体格は、クリュックに似ている。

海洋部門長のシィマはおそらくビースト。セミロングの白に近い青髪は、かつて海洋都市バルバトスで出会った人魚のアルノと似た印象を受ける。水中で活動することもあるだろうから、それに適した種族の可能性は高い。

未解明技術部門長のヴァンクはメガネをかけた四十代くらいの赤髪の男だ。見た目にわかりやすい特徴はないが、外見的にヒューマンかドワーフ、ロードあたりの可能性が高い。細身で、少しばかり神経質そうな表情をしている。

「ご丁寧にありがとうございます。俺はシン。こちらは仲間の――」

シンもパーティメンバーを紹介する。他の都市で活動する時と同様に、有名すぎるシュニーは

〝ユキ〟の名で、ユズハとカゲロウは種族を偽っての紹介だ。

シンが鍛冶師だというのはすでに伝わっているようで、話しかけてくるのはドルクが中心だった。どのようなものを作るのか、今までで一番良くできたものは何か、こちらに聞きたい技術的な質問はないか等々……簡単な話から始まり、次第に話が脱線していく。

技術的な挑戦の話から魔力噴射を使ったネタ装備に話が飛ぶと、ドルクの表情が変わった。

面白いものを見つけた子供のような――と言うには少々凶悪な、しかし確かに無邪気な笑顔。どうやら魔力噴射の技術はこちらにも多少伝来しているようで、装備に組み込めないか試したことがあるらしい。

魔力噴射で空を飛ぼうとしたこともあるとシンが話すと、ドルクは詳しく聞きたいと鼻息を荒くする。

他の面々はやっぱりこうなったかと呆れた表情だ。それでもすぐに止めに入らなかったあたり、皆身に覚えがあるのだろう。

「――ドルク殿。今日のところはこのあたりで」

尽きることのない話に、クリュックが口を挟んだ。

「む、むぅ。そうだな。宿のようにとはいかんが、部屋を用意してある。少々話し込んでしまったが、夕食の時間を考えれば、部屋の説明をするくらいはできるだろう。クリュック、そちらは任せるぞ」

「はい。では皆さん。こちらへ」

名残惜《なごりお》しそうなドルクと部門長たちを残し、シンたちは門を出てコンテナの中へ。

十分ほどして、宿泊施設と思《おぼ》しき建物に到着した。

来客用宿泊施設のようで、一人一部屋ずつ割り振られる。

部屋は多少手狭ながら、トイレやシャワー室もあり、備え付けの家具も質が高い。見た目こそ簡素だが、それ以外はちょっとした高級宿レベルだった。

招待されたのはシンだけだったが、パーティメンバーも全員来賓《らいひん》扱いになっている。

シュニーやティエラは植物系の知識が豊富だし、セティは生産系スキルもそれなりに取っている。毒物関連はミルトもなかなかだ。今の世界なら、これらの知識や技能も十分価値がある。

セティは情報交換ができないか交渉するつもりだと、すでに宣言していた。


一旦解散して、部屋でベッドに横になりながらぼーっと天井を見ていたシンに、ユズハが話しかけてきた。今回は大人モードのようだ。

「何か心配事？」

「そういうわけじゃ――いや、そうかもな」

シンは一瞬躊躇《ためら》った後、考えていたことを口にした。

「空から見た時、島の外縁部に魔導砲《まどうほう》が見えた。あれが造れるのか、それともギルドの施設を流用しているだけなのか、それが気になってな」

ギルドハウス用の兵器は、火薬を使った大砲とは射程も威力も桁違いだ。

通常兵器の大砲はモンスター相手には通じないこともあるので、設置している都市は少ないようだが、これがギルドハウス用の魔導兵器なら話は変わる。

ゲーム時代には設定という名の縛りがあったが、この世界ではそういった制限はない。一歩間違えると、悲惨な結果を招きかねない強力な兵器なのだ。

「ギルドハウス用の魔導兵器は普通の武器とはちょっと違うんだ。ただ鍛冶をやってるだけじゃ造る技術は身につかない。もしかしてファンキーファンキーは、あれの製法を盗むために黒の派閥に潜入したんじゃないかって考えが頭をよぎってさ」

プレイヤーなら、魔導兵器のこともその作製技術についても、知っていておかしくない。でありながら、ファンキーファンキーは黒の派閥に潜入した。

「奴の技術がどのくらいなのはわからない。でも、奴が作ったであろう武器を考えると、わざわざここに来て技術を習得する必要があるとは思えない」

「魔導兵器のことを調べるために、ここに来た?」

「確信はないけど、そう考えると納得がいくんだよ」

シンは黒の派閥にいる間に、ファンキーファンキーが何をしていたのかも調べるつもりだった。

どう切り出そうかと考えながら目を閉じていると、シンの頭が持ち上がり、何か柔らかいものに載せられた。

「ユズハ？」

目を開けると、巫女服《みこふく》の白い生地《きじ》が視界を占領していた。

後頭部の感触と目の前の光景、そして耳元に添えられた手。どうやら人型になったユズハに膝枕をされているようだ。

「あまり、気負いすぎないで。独占している技術じゃないなら、いずれどこかで漏れるもの。この世界には、シンのような過去の知識を持つ人が多くいるのだから、情報源はどこにでも転がっているわ。それに必ずしも悪事に使われるとは限らない。そうでしょ？」

「それは、まあそうだな」

うまく使えば、モンスターへの備えになる。それは間違いない。実際、本来の目的はそれなのだ。シンとしては、技術が悪用されないことを祈るばかりである。

「励ましてくれてありがとうな。少し気が楽になったよ」

「たまには、パートナーモンスターらしいことをしないとね」

ふふっと、笑い声が聞こえる。

残念なのは、巫女服を押し上げる双丘のせいで、ユズハの表情が見えないことか。

力を取り戻しつつあるので、人型の時も子供から大人の姿へと成長している。

まだ完全ではないとはいえ、その美貌《びぼう》とスタイルは圧巻だ。

「この光景をシュニーに見られると、怒られそうだ」

「その時はシュニーに譲るわ。競う気も、争う気もないもの」

視界の端でゆらゆら揺れていた尻尾のうちの一本が、シンの鼻をくすぐる。

くしゃみで少し頭が浮いたところで、ユズハは身を引いたらしく、シンの頭が枕の上にぽすっと落ちた。

ユズハは何もなかったかのように、子狐モードで枕の横に丸くなっている。

パートナーモンスターらしいことを、と本人は言っていたが、それだけではないだろうとシンは思う。

この世界の知性を持つモンスターの中には、ゲーム時代の役割に引っ張られるものもいる。

かつて大陸東の島国ヒノモトで騒乱の元凶となったモンスターもそうだったと、シンは戦いの後でユズハから話を聞いていた。

エレメントテイルは、ゲーム時代は、人に試練を与えて導く存在として設定されていた。

たまに見せる大人びたユズハの助言は、シンにゲーム時代のエレメントテイルを想起させる。

(でも、今までのユズハを見た感じ、もうそういうのは関係ない気がする)

地脈に干渉した時はまだ影響があったのかもしれないが、これまで共に過ごしてきて、シンはユズハをゲームのキャラクターだと思ったことはない。

ゲームのキャラっぽさを感じることはあっても、それはあくまで雰囲気だけ。シンの中では、もうゲームの登場人物とは切り離された存在だった。

きっかけは、ベイルリヒト王国の孤児院を抜け出したビーストのミリーに助けを請われたこと。

まだこの世界の右も左もわからなかったシンがユズハと出会ったのは偶然か、それとも何かの導きか。

（今更、どっちでもいい）

今やユズハもまた、シンにとってかけがえのない存在となっている。

この巡《めぐ》り合わせが偶然だろうと必然だろうと、気にする気はなかった。

†

一晩明け、朝食を済ませた一行は、クリュックの案内で鍛冶場にやってきていた。

お互いの技術を見せ合うのが目的だ。魔力を込めて鉄を打つ技術はまだまだ謎が多いようで、シンの打ち方を見せてほしいと頼まれた。

代わりにシンの方は、いくつか研究資料を見せてもらい、各部署の施設を案内してもらうことになっている。

シンも技術を公開するとはいえ、案内してもらう施設の内容を考えると、情報交換としてはもらいすぎな気がした。

移動中にクリュックに確認したところ、シンの予想通り、公表されていない技術がかなりあるようだ。そう簡単に見せていいものではないだろうが、これはファンキーファンキーの起こした事件の尻拭《しりぬぐ》いをしたことに対する礼も兼ねているらしい。

今までの行動から、シンたちが情報漏洩《じょうほうろうえい》をすることはないだろうと判断されたようだ。

「一応秘伝なんで、全力じゃないのは勘弁してください」

「構わん構わん。未知の技術が見られるだけでも十分じゃ」

すっかり意気投合したドルクは、ランランと目を輝かせながらシンに応えた。

鍛冶談義をしている時からそうだったが、すっかり丁寧語も抜けている。ドルク以外にも、各部門長やその補佐役などが見学に来ていた。

さて始めるかと鎚を持った時、シンはこちらに近づいてくる気配があることに気づいた。

気配のする方へ視線を向けると、鍛冶場の周りを覆う壁が目に映る。壁が途切れるぎりぎりのところに、誰かが隠れているようだ。

「ん？　どうし……おい！　そこに誰かいるのか！」

シンの視線を追ったドルクが大声を出す。体格に見合った、強く響く声だ。

気配の主はばれたと悟ったようで、ゆっくりと姿を現した。

まず目についたのは、側頭部から伸びる大きくねじれた角。シンが知るものよりいささか大きすぎる気もするが、それでも後頭部へと伸びるそれは、ドラグニルの特徴で間違いないだろう。

大きな角に対して、体格は小柄だ。おおよそ150セメルあるかどうかといったところ。髪は短くあちこち跳ねており、上は白のTシャツで、下はツナギだ。ツナギの上の部分は脱いで腰で結んでいる。Tシャツのふくらみからして、女だろう。

「お前……今日は付与の実験をするんじゃなかったのか？　こんなところで油を売ってないで、早く行け」

知り合いのようで、ドルクは急かすように手を振った。

「それは、わかってる。でも、その人はここにはない技術を持ってるんでしょ？　私にも見せてください！　いろいろ行き詰まってるんです！　お願いします！」

少女が勢いよく頭を下げる。シンのことを人づてに聞いて、居ても立ってもいられずに走ってきたらしい。

行き詰まっているという話からして、何か問題を突破するためのヒントが得られないかと思ったのだろう。逆の立場なら、シンも同じことをしたはずだ。

「どうします？　こちらとしては、ギャラリーが一人増えるくらい問題ないですけど」

「うーむ、そうだなぁ」

すぐにOKが出るかと思ったシンだったが、ドルクは何か思案するような表情を浮かべた。

付与の実験があるから、という感じではない。

「ドルク、こうなっては、レトネーカは梃子《てこ》でも動かんぞ」

ドルクに話しかけたのは、未解明技術部門長のヴァンクだ。

困ったような表情を浮かべているところを見ると、こういうことは珍しくないのだろう。ただ、困っているのと同時に、少しだけ悲しげな表情も混ざっているように、シンには見えた。

「……はぁ、まったく仕方ない。隅の方なら許す。邪魔すんじゃねぇぞ」

「ありがとうございます！」

根負けしたドルクが許可を出すと、レトネーカと呼ばれた少女は、言われた通り見学者たちの隅っこに陣取って、真剣な表情でじっとシンを見つめてきた。

シンはその表情に少し違和感を覚えたが、ここでする話ではないと判断し、作業を始める。

使うのは不純物の少ない鉄だ。

炉は魔導炉《まどうろ》のようで、すぐに鉄が赤く熱せられた。

シンは金床《かなどこ》に置いた鉄に、鎚を振り下ろす。

使うのはすべて黒の派閥から提供されたものだ。魔鋼鉄製《まこうてつせい》ではあるが、シンの基準からすると魔力の通りも悪く、強度も低い。そのため、込める魔力も極力少なくしている。

「………………」

誰も何も言わない。

静かな空間に、一定のリズムで鉄を打つ音が響く。

キィンッという金属音の中に、ガラスを弾いたようなリンッという音が混じっているのに、見学していた者たちが気づき始める。

そして、音よりも明確な変化が、熱せられた鉄に起こった。

「……っ」

誰かが息を呑んだ。

わずかずつ形を変えるはずの鉄が、目に見えて形を変えていく。

その異様な速度に、ある者は未知の技術に目を輝かせ、ある者は己との技術の差に表情を険《けわ》しくした。

最後の一打で、わずかに大きな音が響く。

その音を聞いて、見学者たちは作業が終わったことを悟った。

金床の上には、刃渡り80セメルほどの片手剣の刀身が乗っている。武器のランクとしては特殊級《ユニーク》下位といったところが。

「……なるほどな。クリユック、お前が〝御業《みわざ》〟と言ったのも納得だ。こりゃあ、俺たちとは技術の次元が違う」

「はい。こうしてもう一度目にしても、背筋が震えました」

ため息をつくドルクとクリユック。ただ、どちらも気落ちした様子はない。

「良ければこれ、研究用にでもしてください」

「こちらとしてはありがたいが、いいのか?」

「これからどれだけ技術を盗めるか試したくありませんか？」

少し挑発を込めてシンは言った。

作る技術はこれからわかる。なので、彼らかどこまで分析できるのかを試す気だった。

その発言を受けて、ドルクがニヤリと笑う。受けて立つという気迫が伝わってくる。

「ありがたく受け取らせてもらおう。クリュック、これを特別保管庫へ持っていってくれ。儂はこれから、全力でやらねばならん」

「わかりました」

完成した刀身からはすでに熱も取れていたので、触っても問題はない。クリュックは厚手の布でくるんだ刀身を持って鍛冶場を出ていった。

「さて、儂のやり方はシン殿のようにすぐには終わらん。連れの方々にはちと退屈かと思う。他に見学したい場所があれば別で案内させるが、いかがか？」

ドルクの提案にシュニーとユズハは鍛冶場に残る選択をした。他のメンバーは、フィルマが生産部門、シュバイドが土木部門、ティエラが農業部門、セティとミルトが未解明技術部門へ行くことになった。

「誰も、海洋部門に興味を持ってくれない……」

シィマが少しショックを受けているようだったので、一通り巡った後に改めてシンとシュニーで訪ねることを決める。

実に良い笑顔で「お待ちしています！」と言って、シィマは自身の研究施設へ帰っていった。

他の部門長も、見学に行くメンバーを連れて移動を始める。

「レトネーカ。お前もそろそろ戻れ。儂のやり方は、お前が一番知ってるだろ」

ドルクが見学の少女に、帰るように促すが、彼女は一切動こうとしない。

「ううん、見てく。こんなにやる気に満ちた親方は、滅多に見ないもん」

「まったく、お前って奴は。おっとすまんな。紹介が遅れた。こいつはレトネーカ。儂らの家族みたいなもんだ」

ドルクによると、彼女は生まれつき鍛冶の技術を身につけている選定者であり、少々事情があって子供の時から黒の派閥の本拠地であるパルダ島で育ったという。

まだ十五歳という若さだが、鍛冶の技術に関しては部門内でもドルクに次ぐ腕前を持ち、日々技術を磨いている。

簡単な自己紹介を終えると、ドルクが鉄と向かい合った。ドルクの体から発せられる気迫が、空気をひりつかせる。

「さて、そろそろ始める。ああ、先に言っておくと、儂は選定者じゃない。これからやるのは、ただのドワーフが腕一本でここまでやれるようになるっていう見本だと思ってくれ」

選定者という生まれついての才能を持った者とは違う、ただの人間。

それが黒の派閥の武具部門長であり、鍛《きた》えた腕一つでそこまで上がってきた叩き上げの鍛冶師。

その実力がいかほどのものか見定めるため、シンもまた、緊張感をもって作業を見守ることにした。


作業が終わり、ドルクが額《ひたい》の汗を拭った。

ドルクの技術に特筆すべきものはない。

鉄を熱し、叩く、それをひたすら繰り返して剣の形を整えていく。

鎚に魔力こそ宿っているが、やり方はクリュックや巌窟王と同じで、シンのやり方よりも込められる魔力量も少ない。今回は素材が鉄なので、込められる魔力量には大した差はないが、それでも完成品には大きな開きがある。

ドルクの作った片手剣は、ランクをつけるならシンのものと同じ特殊級《ユニーク》下位。しかし、性能面で言えば完全にシンのものが上回るのは間違いない。

「後は研いでしまいだ。シン殿にとっちゃ、退屈だったろうがな」

「そんなことはありません。修練によって人はここまでたどり着ける。それを見せてもらいました。実は少し感動してます」

ドルクは選定者ではない。スキルは身につけているようだが、それだけで特殊級《ユニーク》が作れるほど鍛冶は甘くない。

だからこそ、目の前の剣を作る技を身につけるのにどれほどの努力があったか、シンには想像もできなかった。

何の変哲もない鉄を使って特殊級《ユニーク》に届かせるのがどれほど難しいか。シンは実体験から、それが理解できた。

ドルクに確認すると、彼の鍛冶スキルは、いつの間にか身についていたという。

秘伝書による継承ではなく、自力での発現。だから、スキルを使っていても一般人の延長だと言える。

スキルと、スキルによらない技術と膨大《ぼうだい》な経験の融合。ある意味、ただスキルを持って生まれただけの選定者よりも、貴重な存在と言えた。

「シン殿ほどの人物からそう言ってもらえるのは嬉《うれ》しいもんだ。さて、そろそろいい時間だ。飯にしよう。ユキ殿もそれでいいだろうか」

「はい。実に興味深いものを見せていただきました。ありがとうございます」

「むぅ、こうも褒《ほ》められ続けると、どうにも気恥ずかしいな」

やれやれと口にしながら、ドルクは道具を片付ける。そんなシンたちのやり取りを、レトネーカは黙って見ていた。

「シン殿、明日は各部門を案内する予定だが、どこからにする？」

食事を終えて別れる間際《まぎわ》、ドルクが確認してきた。どういうルートで見学するか伝えてあった方が、案内する側もされる側もスムーズだ。

「正直言って、どこも興味深いんですよね。ユキはどこから回りたいとかあるか？」

「最終的にはすべて回る予定ですし、優先してもらうほどのこだわりはないですね」

「そうか。じゃあ、そうだな。まずは鍛冶部門からで。そこからは……生産、農業、土木、未解明技術、最後に海洋部門でお願いします」

シンもここは先に見たい、というものはなかったので、思いついた順に部門を口にした。

「承知した。明日はとっておきの実験があるのでな。それを見せよう。では、明日。九時ごろに食堂へ迎えに来よう」

最初を鍛冶部門にしたからか、ドルク自ら案内役になってくれるようだ。

「いいんですか？　他の仕事もあるんじゃ」

「なに、問題ない。実験には儂も参加するし、仮に儂一人いなくなったとしても、それで回らなくなるような仕事の割り振りはしとらん。何より、儂以上に鍛冶部門に詳しい奴はおらんわい」

説得力のありすぎる言葉に苦笑しつつ、シンは了解の意思を伝えた。

他のメンバーは先に施設を見て回っているので、雑談代わりに話を聞いておくのもありかもしれない。そう考えながら、シンはシュニーとユズハとともに食堂へ向かった。

†

翌日、シンが部屋を出ると、そこにはレトネーカがいた。

「シン殿、私を弟子にしてください！」

シンと目が合うと、彼女はがばっと頭を下げて大声で叫んだ。

扉の向こうに誰かいるのはわかっていた。なんとなくそんな予感もしていた。なので、シンは用意しておいた返事を告げる。

「弟子は取らない。他をあたってくれ」

曖昧な言葉は使わず、はっきり断る。

昨日少し関わっただけだが、彼女が鍛冶に対してとても真剣に取り組んでいるのはわかった。

ドルクが言うからには、鍛冶の技術も高いのだろう。年齢を考えれば、次の世代の代表のような存在と思える。

しかし、それとこれとは話が別だ。

元の世界に帰る身としては、いつまでかかるかわからない修業に付き合うことはできないし、今となってはシンが行ってきた修業方法そのものが、現実的でないものも多い。

（それに、あの目）

昨日の時点で、シンはレトネーカにあまり良い印象を抱いていなかった。

彼女の必死さは、最初こそ鍛冶に打ち込む者として、未知の技術を持つ相手を前にしたことによる興奮かと思った。しかし、自分の剣作りが終わり、ドルクが鉄を打っている時の彼女の様子を盗み見て、それだけではないと、シンは確信を得ていた。

レトネーカの表情には技術を学ぼうという貪欲《どんよく》さ以外に、鬼気迫《ききせま》ると言っていいほどの必死さがあった。鉄を見つめるどこか鬱屈《うっくつ》した暗さを感じる目は、かつての自分がよく見たものと似ている。

(まさか、とも思うけどな)

この少女が復讐《ふくしゅう》に取りつかれているとは思いたくない。だが、シンのこれまでの経験が、レトネーカから感じる危《あや》うさを否定させない。

「お願いします。私は、もっと強い武器を作らなくちゃいけないんです!」

「ここは世界でも最高峰の研究機関だ。そこで学べているだけでも幸運なことだぞ」

シンのような特殊な例を除けば、黒の派閥は現存する技術者集団の中でも群を抜いているはずだ。レトネーカがどのようなスキルを継承しているかはわからないが、ここならば自分の得ていないスキルを学べる上に、未知の技術に触れることもできる。

黒の派閥は技術者にとって、ある種の楽園のような場所だ。

「でも、私の目指しているものを作るには、ここにある技術でも足りないんです。ここがどれほど恵まれた場所かはわかっています。それでも、私は——」

「レトネーカッ!!」

怒気のこもった声が、レトネーカの言葉を遮る。睨《にら》むような表情でやってきたのはドルクだ。

「朝っぱらから客人に迷惑をかけるな!」

レトネーカの頭に握《にぎ》り拳《こぶし》が落ちる。ゴツンではすまない音がした。

とはいえ、レトネーカは選定者。生産系スキルに偏《かたよ》っていてもステータスは一般人より高いはずだ。現に、頭を押さえてうずくまっているものの、ＨＰはほとんど減っていない。むしろドルクの拳の方が赤くなっている。

「仕置きは拳骨《げんこつ》。それがドワーフの鍛冶師の流儀だ」

扱っている物が物だけに、ふざけたり、適当にやったりすれば怪我ではすまないこともある。なので、言葉と拳の両方で学ばせるのがドワーフ流らしい。老若男女関係なしだという。

なぜドルクが約束した食堂ではなくここにいるかと言えば、レトネーカを見かけたドワーフが彼に連絡したからのようだ。

おそらく、過去にも似たようなことがあったのだろう。

レトネーカを先に戻らせると、ドルクが頭を下げた。

「食事前にすまなかった。弟子入りを請われたか？」

「ええ、まぁ。断りましたけど」

「それでいい。変に希望を持たせるようなことは言わんでくれ」

「差し支えなければ、事情を聞いても？」

「ありきたりな話だぞ」

レトネーカが黒の派閥に引き取られることになったのは、家族をドラゴンに殺されたから。

ドルクたちも直接現場を見たわけではないらしく、幼いレトネーカから何があったか聞き、家まで様子を見に行ったという。

ドラゴンに襲われた当時、レトネーカは六歳。父親が彼女を馬に乗せて逃がし、時間を稼ぐためにその場に残った。その先に、たまたま貴重な金属の採取に来ていたドルクやその護衛たちがいて、彼女を保護することになったようだ。

レトネーカは父親と二人暮らしで、街から離れた山のふもとで暮らしていた。近くの村からも空を飛ぶドラゴンが目撃されている。慎重に現場を見に行ったドルクたちは、粉々になった家とドラゴンのものと思われる牙や鱗《うろこ》の破片を回収した。

父親の姿はなく、ぼろぼろになった服の切れ端が見つかったことから、ドラゴンに食われたのだろうとドルクたちは判断した。

「モンスターに襲われて人が死ぬ。この世界ではよくあることだ」

そう口にするドルクだが、その言葉の端々から悔しさがにじみ出ていた。

世界全体を見れば、堅牢《けんろう》な壁に守られている都市は少なく、多くの村や町では十分な防衛態勢が整っていない。スキルを使って強化した城壁とまではいかなくとも、可能な限り強固な守りを施せるように、黒の派閥と建築技術の本家である青の派閥の合同研究も行われていると、ドルクは教えてくれた。

「もしかして、彼女の作りたいものっていうのは」

「ああ、父親を殺した相手を殺すための武器の作製が、今のあいつの生きる理由になっている。伝説級《レジェンド》以上の武具に対するスキルの付与。それがあいつの目指しているものだ」

武器へのスキルの付与――これは、武器の等級と付与するスキルによって成功率が変わる。

シンくらいになるとほとんど成功させられるが、スキルレベルや熟練度が足りないと、高確率で失敗する。

シンの感覚では、特定種族に対するダメージ上昇効果を与える特効スキルは、難度が高い部類。それを伝説級《レジェンド》以上に付与するとなると、相応のレベルを求められる。

また、失敗すれば付与に必要な素材は消滅してしまう。

以前はさほど入手の難しくなかった素材も、今では入手困難な貴重な素材になっている。わずかな成功率にかけて付与を行うには、問題が山積みだった。

「事情はわかりました。ちなみに彼女のスキル構成とかレベルって、どんな感じか聞いても大丈夫ですか？　一応、どのくらいのレベルならこの程度はできるっていう指針はあるんで」

「付与もまだ謎が多いんだが、どうやらシン殿のお師匠さんは、失われた過去の英知をお持ちのようだな」

「栄華の落日前の鍛冶師たちと競っていた人ですからね。あの人が来たら、未解明技術もかなり解明されると思いますよ」

「頼もしいやら恐ろしいやら。とはいえ、さすがに身内のスキル構成は教えられん。だが、シン殿なら体の動きや完成品から、おおよその見当はつくのではないか？」

「現物を見ればある程度はわかると思いますが、師匠のようにすべてを見抜くとまではいかないんですよ」

ドルクの言う通り、実際に鍛冶をしているところや完成した品やらを見れば、おおよそのスキルレベルやレトネーカの技術については把握《はあく》できるだろう。

しかし、あくまで体感的なものでしかない。

どんな付与をするかにもよるが、スキルレベルが1違うだけでも付与の成功率は大きく変わる。ゲームほど厳密な計算があるかはわからないものの、それだけシビアな世界でもあるのだ。

アドバイスをするかはまだ決めていないとはいえ、するならするで、正確な数値はあった方が良い。

「そうか。だが、儂としてはレトネーカの目指しているものは完成してほしくないのが本音《ほんね》だ。技術の向上は、誰かを助け、幸福にするものであるべき。それが、儂らの根底にある信念だからな。まあ、武器を作ってる奴が何を言うのかって話だが」

もし本来のものとは違う使い方が見出され、誰かを傷つけることになったとしても。最初からそれを目的にしてはいけない。それが、黒の派閥の構成員の心得だとドルクは言う。

とはいえ、武器の本質は破壊に属するのも事実。どれだけ見た目がきれいでも、どれだけ手間をかけたとしても、武器とは向けた対象を破壊するための道具である。そこから目を逸らすことはできない。

だが、この世界において武具の性能の向上は、襲ってくるモンスターに対抗するために必要なものでもある。武器や防具の進歩がなければ、レベルの高いモンスターを相手にできない。

ステータスで対抗できる選定者も、振れば壊れる武器しかなければ、本来の実力を発揮することができずに殺される結末もある。

「作ったものがどう使われるか。それは俺たちには決められませんからね」

丹精込《たんせいこ》めて作った武器が、必ずモンスターを相手に使われるという保証はない。それでも、より良いものを作ることをやめない。

その理由も、この世界をそれなりに見てきたシンには理解できる。

ゲームの影響を受けたこの世界において、選定者というごく一部を除けば、人間は弱者側の存在だ。

頑丈な壁も鎧で武装した兵士も、高レベルモンスターが数体現れるだけで消えてなくなる。

シンたちは遭遇《そうぐう》したことはないが、モンスターに襲われて小さな村がいつの間にか消えていた、なんて例も普通にあるという。

「まあ、なんだ。またあいつが何か言ってくるかもしれんが、すべて断ってくれて構わん」

「わかりました。ところで、スキルの付与はどのあたりまで成功しているんですか？　個人的な感覚ですが、生産系の——とくに鍛冶のスキルを持っている選定者なら、作れそうなものですけど」

この世界の選定者の平均というものをシンは知らない。ただ、鍛冶の技術があり、材料も揃っていれば、完璧でなくともそれなりのものは作れるのではないかとシンは思った。

生産系の選定者と呼ばれるくらいだ。鍛冶のスキルがないとは思えない。

ゲームの法則に従えば、ある程度スキルがあれば成功率はゼロにはならない。つまり確率の壁さえ突破できれば、レトネーカの目指している付与も成功する可能性はある。

「そこは儂もよくわからんのだ。正直に言えば、レトネーカの能力ならもう成功していてもおかしくないと思っとる。あとはそうさな。スキルか、素材か、それとも他の何かか。とにかく足りないものがあるんだろうよ」

「何かが足りない、ですか」

そうでなければ、付与の法則が変わったか。シンは内心は声に出さず、相槌《あいづち》を打つに留めた。

少なくともシン自身が付与を行った際は、とくにおかしなことはなかった。

付与した効果も間違いなく発揮されていたので、ドルクの言う通り、レトネーカは何かしらの条件を満たしていないのだろう。


食堂で朝食を済ませると、シンたちは早速施設の見学に向かった。

まずはドルクの案内で鍛冶関連の施設へ。

シンたちが使った炉とは違う最新技術を集めた試作炉があるというので、そこへ案内してもらった。

「念のために確認しますけど、本当に見ちゃっていいんですね？」

「ああ、この先にあるのは栄華の落日前に使われていたっていう魔導炉の再現実験に用いるものだ。シン殿なら本物を見たことがあるだろう？　だから見られたところで損はない。むしろ、足りないところがあれば指摘してほしいくらいだ」

「しれっと利用する気では？」

ドルクの口調からして本気ではないことはわかっていたので、シンも冗談だとわかるように軽く返した。

冗談に冗談で返したつもりだったが、なぜかドルクは慌て始める。

「待て待て、誤解するな。指摘してほしいってのは冗談だ、冗談。わかっとるだろう。シン殿を利用しようなんて気はない。ユキ殿、その物騒《ぶっそう》な雰囲気を抑えてくだされ。本当に、利用する気などないのだ！」

ドルクが慌てている原因は、シュニーから発せられる威圧感だ。本気ではないものの、ステータス面では一般人だろうドルクに向けるには、なかなかに強烈だった。下手なモンスターよりも、はるかに強い威圧感を浴びせられては、彼が慌てるのも無理はない。

シンがまあまあとなだめるようなジェスチャーをすると、シュニーから発せられる威圧感が薄れていった。彼女なりに、釘を刺したのだろう。

「ふぅ、寿命が縮んだわい。魔導炉の件はシン殿が知っているものと近かろうが遠かろうが、何も言わんでいい。鍛冶についちゃ、儂らがシン殿に渡せる情報なぞそうあるはずもないことくらいわかっとる。これはあれだ。儂らがここまでたどり着いたぞというところを、見てほしいのだ」

ドルクは冷や汗を拭いながら言った。

黒の派閥が行っている、過去の技術や施設の復活。これから向かう先にある魔導炉も、そのための試作品らしい。

シンが語った師匠の話は、クリュックから聞いているのだろう。ドルクたちは、シンが試作型どころか完成品を見たことがあると確信している様子だ。そして、それは間違いではなかった。

「いつか必ず、かつての栄光を取り戻してみせる。そのための一歩を、最果てを知るだろうシン殿に見てもらいたい。これは儂だけでなく、鍛冶部門一同の総意だ」

そう口にするドルクの表情は真剣そのもの。本気なのだという意気込みが伝わってくる。

「わかりました。では、感想は言わないことにします」

シンたちはドルクに続いて施設の奥へと歩を進めた。

建物の棟と棟を繋ぐ通路を二つ越えたところで、壁の素材が変わった。

今まで通ってきた建物より強度が増しているそれは、内部で爆発が起こった際に、被害を外に出さないようにするためのものだと思われる。

シンにも覚えのある構造だった。壁の素材が変わったところからが、実験用の専用棟なのだろう。

建物の中をさらに数分進むと、いかにも頑丈そうな扉が現れる。

「この中だ」

扉の横についていた伝声管のようなものにドルクが話しかけると、ゆっくりと扉が開き始めた。

中には半球形の巨大な炉が鎮座《ちんざ》している。炉自体は縦3メル、横5メルくらい。素材を投入する穴は縦40セメル、横30セメルといったところか。

シンが見上げるほどの大きさの炉なので、投入口が小さく見える。外壁は黒一色で、魔力を帯びているのがわかった。

「こいつが発展型魔導炉、試作七号だ。外壁はアダマンティンと数種類の魔鋼鉄の合金。魔力源には複数の魔石から魔力を抽出、増幅させる複式魔術陣を使用している。試作を重ねて造ったものだ」

ドルクの説明を聞きながら、シンは試作七号を観察する。ぱっと見た限りでは、問題があるようには思えない。

シンのホームである月の祠の炉よりもだいぶ大型だが、発想はかなり近づいている。

高純度の魔法金属や高レベルモンスターの素材は周囲に影響を与えるものが多い。炉の耐久力、とくに内側からの衝撃には強くなければならない。

アダマンティンを使った合金の外壁ならば、普通の魔導炉では内側から弾け飛ぶような素材も使えるだろう。

また、複式魔術陣《ふくしきまじゅつじん》も悪くない。高ランクの魔石が手に入りにくい今の世の中で、少ない魔力を高い魔力へと変換し、長時間維持するための工夫がなされている。

素材の多くは加工するまでに大量の魔力を消費するものが多く、魔力の出力と持続時間は非常に重要だ。経験や資料から、高性能な魔導炉に必要な機能を割り出したのだろう。

「では、これより発展型魔導炉、試作七号の起動実験、および耐久実験を行う。皆、気を引き締めていくぞ！」

ドルクは作業員たちの視線が集まったのを確認して、号令を出す。

部屋の中で準備をしていたメンバーも、一斉に返事をした。

「実験用の素材は？」

「こちらです」

台に乗せられ、実験に使用する素材が運ばれてくる。握り拳二つ分ほどのオリハルコンの塊《かたまり》だ。採取されたものをそのまま持ってきたのだろう。見た目はきれいでも、不純物が混じっている。

「部門長、こちらを」

「ああ」

別の作業員が持ってきたのは、いくつかのモンスターの革を重ねて繋ぎ合わせた防護服のようなものだった。頭の部分は膨《ふく》れるように丸く、顔の正面はガラスのような透明な板がはめられている。

どうやら、実際の作業はドルクが行うらしい。

（熱制御まではできてないのか）

用意された服が何のための装備か、シンはすぐに察した。高ランク素材を精製し変化させる魔導炉は、下手な炎術《えんじゅつ》スキルよりも高温になる。そのため、使用者や周囲の施設にダメージを与えないように、ゲーム時代の高性能魔導炉には発生する熱を制御する機能がついていた。

だが、試作七号には、そこまでの機能はないらしい。

「耐熱防御膜《たいねつぼうぎょまく》、展開します。各員所定の位置まで退避。展開まで、5、4、3、2、1、展開！」

掛け声とともに、水色がかった半透明の膜が二枚展開された。魔導炉の周辺を覆うように一枚、2メルほどの間を開けてもう一枚。

作業員を守るための装置は問題なく起動したようだ。

「魔導炉、起動します」

膜の展開を確認した作業員が操作盤のようなものに手をやると、ブォンという鈍い音が一度鳴り、魔導炉が魔力を帯びていく。炉の中で、高濃度の魔力が渦巻《うずま》き始めた。

膜の中は、すでにかなりの温度になっているとシンは予想する。

耐熱服を着たドルクがオリハルコンの塊を持ち、起動した炉に近づいていく。

膜はそのまま通り抜けられるようだ。先端が板状になっているテコ棒の先にオリハルコンの塊を載せ、炉の中へ。

数秒して、オリハルコンが纏う魔力と炉内の魔力が反応し、青白い火花が炉から漏れる。

シンの目には、青白い火花が耐熱服に当たるたびに、耐久値が減少していくのが見えた。

下がるタイミングを間違えれば、ドルクの身が危ない。

おそらく、ドルクにもそれはわかっているのだろう。それでも彼は、その場から動こうとしない。

一心に炉の中を見つめ、微動だにしなかった。

時間経過とともに、耐熱服の耐久値がゆっくりと、しかし確実に減っていく。

「部門長！　そろそろ危険です！　下がってください！」

耐久値が半分を切ったところで、作業員の一人が叫んだ。耐久値のチェックもしていたようだ。

だが、作業員の声を聞いてもドルクは動かない。

「部門長！」

「まだだ！　あと少し――」

シンもさすがにこれはまずいのではと思っていると、別の作業員が、ドルクのものと同じ耐熱服を慌てて着始めた。いざという時は、強引にでも引っ張ってくるつもりだろう。

ドルクの耐熱服の耐久値が三割を切る。耐熱服を着た作業員が膜の中に入った。

「部門長、もうやばいですって！」

作業員がドルクの腕を掴《つか》む。それとほぼ同時に、ドルクがテコ棒を炉から抜いた。

「炉を停止しろ！」

「ちょっ⁉　部門長！」

指示を出しつつ、ドルクはテコ棒の先に載ったオリハルコンを落とさないように、膜の外へ走った。連れ戻しに行った作業員が置き去りにされている。

ドルクを追って、作業員も慌てて外に出てきた。

一枚目の膜の外に出ると、ドルクの耐熱服や手に持ったテコ棒、オリハルコンの塊から大量の湯気が出た。

幕の間にある空間には冷却効果もあるらしい。湯気も膜に阻まれて、一時的にドルクの姿が見えなくなる。

湯気が収まると、ドルクがゆっくりと膜を越えてくる。耐熱服の表面は一部が溶けていた。

ドルクはオリハルコンをテコ棒ごと作業台に載せる。そして、作業員たちの手を借りて耐熱服を脱いだ。

耐熱服を着ていても完全には熱を遮断《しゃだん》できなかったようで、ドルクは全身汗だくだった。

「オリハルコンの解析を始めろ」

指示を受けた作業員が、待っていましたとばかりにオリハルコンに殺到《さっとう》する。

虫眼鏡みたいなものを向ける者、モノクルのようなものをつけて覗き込む者、ヤスリで削ろうとする者、細長い紙を貼り付ける者など、様々。

その一部は、シンも何をやっているのかわからない。

（精製率……七割ってところか）

透明度を増したオリハルコンだが、シンが武具の作製や修復に使っているものと比べると、まだ輝きが鈍い。

完全な状態のオリハルコンは、武具やアイテム作製の触媒《しょくばい》に最も適した状態のものになると、研磨された宝石のごとき輝きを放つ。

試作七号のどこに問題があるのか、実験を見ていただけでは完全にはわからない。ただシンには、炉の中の魔力が十分高まっていないように思えた。

しかし、感想や情報は言わないとの約束なので、黙っておく。

「解析結果出ました」

「聞かせろ。シン殿たちにもだ」

「わかりました。精製後のオリハルコンの透明度、魔力、硬度などを複合的に鑑《かんが》みて、精製率はおよそ75％といったところかと」

「前回のものよりましになったか」

前回の実験では68％だったらしい。

ただし、シンのように経験やスキルによって導かれた値ではなく、残された資料から100％の状態のオリハルコンのデータを予測し、そこから逆算する形で精製率を計算しているようだ。

「儂が生きているうちに九割には持っていきたいところだな」

緊張を解くように大きく息を吐いて、ドルクはオリハルコンを倉庫へしまうように指示を出す。

ここから武器の作製をするわけではなく、資料として残しておくようだ。

「今の話からすると、精製率100％の現物はないんですか？」

「それがあればもう少し研究も進むんだが、ここにはない。昔はあったと聞くが、今のように世界が安定するまでは、どこもごたついていたらしくてな。混乱の中で行方不明になってしまったと聞いている」

ゲーム時代からあるギルドを元にしているなら、一つくらい現物がありそうなものだが。シンはそう思ったが、かつての天変地異とその後の混乱は、予想以上に後の世に影響を及ぼしているようだ。

そういうことならばと、シンはアイテムボックスから、武具を作る際に出たオリハルコンの破片を具現化する。

「ドルクさん。これを」

「なんじゃ急に？　ふむ、ずいぶん小粒な……っ⁉　こ、これはまさか！」

手渡された5ミメルほどの塊を訝《いぶか》しげに見ていたドルクの顔が、一瞬で驚愕《きょうがく》の表情に変わる。

彼は腰のポーチから宝石を鑑定する時に使う小型ルーペらしきものを取り出し、手に持った欠片《かけら》を入念に観察しだした。

「100％になると、そうなります。これも研究資料にしてください」

「お主……こんなものを渡されても、儂は対価を払えんぞ」

「構いません。武器にするには小さすぎますし、触媒としても使用は難しい量です。俺としては、もう少しこの世界の武具が進歩してほしいんですよ。昔と違って、このままじゃ本当にモンスターに対抗できなくなるかもしれませんから」

シンとて、慈悲やきれい事で資料を提供するわけではない。

今まで旅をしてきて、ただレベルを上げただけの冒険者や騎士では勝負にならないモンスターが、あちこちに跋扈《ばっこ》していることを実感している。

実際に神が、神獣が、悪魔が、瘴魔《デーモン》が存在する世界だ。もし、それが襲ってきた時、対抗するための武器を作る技術が完全に途絶えていたら――

シンは先ほどの実験を見て、この世界の最先端の技術集団ですら、オリハルコンを完全に精製できないことを知った。

この世界で、神話級《ミソロジー》や伝説級《レジェンド》の武具を打てるのは、鍛冶特化のサポートキャラクターや、選定者のようなほんの一握りの人物だけ。しかしそんな人物でも、オリハルコンを自力で精製はできない。ドルクたちが再現しようとしている高性能の炉が必要だ。

そしてそれは、いくらステータスが高くても、鍛冶スキルがあっても、簡単には造れない。

精製前のオリハルコンと、完全精製済みのオリハルコンでは、素材としての質が段違いなのだ。

まともな素材がなければ、いくら鍛冶の技術があっても性能は頭打ちになる。

「せめてあなたたちには——黒の派閥には、これを作る技術を持っていてほしい。そう思ったんです」

素材を鍛冶に最適な状態にする技術は、選定者のように持って生まれることができないものであり、後の世に伝えていくべきものだ。

もちろん、欠片を研究させるより、完全な状態の炉なり素材なりを渡してしまう方が手っ取り早いのは間違いない。

しかし、過程を飛ばすと、技術の進歩を狭めてしまう。

ゲーム時代も、完成品ができるまでは多くの試行錯誤《しこうさくご》があった。その過程で別の技術が発見されたこともある。ドルクたちは、かつてシンたちがたどった道を歩んでいるのだ。

「試作型の炉も、方向性は間違っていません。ドルクさんたちなら、いずれオリハルコンを100％精製できる炉も造れるはずです」

技術を廃《すた》れさせないでほしい。未来につないでほしい。自分たちがいなくなった後、それを行える可能性が最も高いのは黒の派閥だと、シンは思っていた。

（さすがに、偉そうだったかな）

シン自身、らしくないことを考えているという自覚はある。それでも、ドルクたちのひたむきな様子を見ていると、少しくらい背中を押してもいいだろうと思ってしまうのだ。

試作型の炉によるオリハルコンの精製実験が終わると、ドルクが改めて設備の説明をしてくれた。シンたちのいた実験棟の他に、素材の特性を調査する施設の集まった棟や、新しい実験の企画や論文をまとめる資料の集まった棟などがあるようだ。

「ここは実験棟とは別の試験をするための場所だ。武器の耐久実験をやることが多いが、防衛設備の試射なんかもするな」

案内の最後に連れてこられたのは、かなり広い平地だった。

きれいに整地されていて、倉庫が連なるように併設されている。

透視をすると、中には武具や何かの素材が積まれていたり、大砲のような大型兵器がしまってあったりした。

敷地の端は海に面しているようなので、兵器類の試射はそっちに向かって行うのだろう。

「島の周りに取り付けられた兵器も、ここで造られたんですか？」

「いや、ほとんどは元からあったものを整備している。あれに関しちゃ、設計図から整備に必要な素材までしっかり残っていたからな」

防衛設備の保守点検は、ギルドハウスを運用する上で大切なことの一つ。あまり長く放置していると正常に作動しなくなるのは、シンたち『六天』のギルドハウスですら変わらない。誤作動が起こるまでのタイムリミットに関しては相応の違いがあるが。

「耐久テストと言えば、エラメラさんの件は聞いていますか？」

「ああ、呪いを付与されたって話だろう？　報告書を読んだ時は腸《はらわた》が煮えくり返るかと思ったわい」

ファンキーファンキーのやったことは、真面目に鍛冶に取り組んでいる者からすれば、とても許せるものではない。ドルクも例外ではなく、憤慨《ふんがい》していた。

「こっちじゃどんな様子だったんですか？　クリュックさんに聞いた限りじゃ、変なところはなかったって話ですけど」

「そこは儂も同意見だ。新技術のいくつかは、あやつの協力で完成したようなもんだからな」

失われた技術の復活に関して、ファンキーファンキーは功績と言えるだけの結果を出しているようだ。

「もともと持っていた技術を切り売りして、信頼を得ていたってところですか」

「今思えば、そういうことなのだろう。普段の様子や会話に不審なところはなかったと思うが、なんにせよ、これは儂らの落ち度。素行調査の専門機関を作らにゃならんな。他の派閥の連中にも、注意喚起せんとな」

今後、同じことが起こらない保証はない。組織の関係者の裏の顔までしっかりと調べられるような専門機関が必要かと、ドルクは考え込んでいた。

今まではそういった部分が甘かった。

これは黒の派閥だけでなく、他の派閥でも起こりうる事態なのだ。

「専門機関ではないですが、商会と協力するのも方法の一つだと思いますよ。貴重な素材の売買に関する情報も入ってくるでしょうし。俺としては黄金商会がおすすめですね」

「商人の情報網は侮《あなど》れんからな。今まではこちらも商人を装って取引してきたが、やり方を変える時期が来たのかもしれん」

部門長の話し合いで議題に出すと、ドルクは言った。

「まあ、この話はまた別の機会にするとしよう。他の部門の連中も、説明をしたくてうずうずしているだろうからな。儂らの方もまだまだ話したいことが山積みだ」

自分たちが開発してきた技術や機材。確かな結果を残してきただろうそれらに対して、開発者たちは相応の自信を持っている。そんな努力の成果を惜しみなく発表できるというのは、不安もあるが、楽しくもある。

気持ちはよくわかるので、シンもこれ以上ファンキーファンキーの件を言及しなかった。

「む、準備ができたようだ。あれを見てくれ」

ドルクが指さした方向には、低めの台座に乗せられて動く砲台の姿があった。1メルほどの楕円《だえん》形《けい》の本体から、2メルほどの砲身が二本、水平に伸びている。

「残っておった設計図を元にして開発した魔導高角砲《まどうこうかくほう》だ。長さ30セメルの魔導砲弾を二秒ごとに発射する。砲弾は強度を高めたものしか撃てんが、レベル300程度のモンスターなら貫通する威力がある」

「これが世に出回ったら、戦争の形が変わりますね」

ゲーム時代と違い、兵器の使用制限はない。ギルド戦やイベントに限られていた近代兵器のような武装の数々を使った戦いは、こちらでは何の制限もなく行われる。一歩間違えば、現実よりひどいことになる可能性すらあった。

「戦争……か。使う素材を考えると、量産は難しいだろう。それに、たとえあれを何十と揃えても、高レベルモンスターには太刀打ちできん」

使う相手はあくまでモンスターだとドルクは断言した。言葉にこそしなかったが、今の人類に魔導兵器を使った戦争をしている余裕などないと言いたいのは伝わってきた。

「実際、その通りですけどね。それでも、そういうことを考える奴はいるんだろうなって思ってしまって」

人同士の戦争がないわけではない。それでも、砲弾が飛び交う戦場など、シンは見たくなかった。

「その気持ちはわからんでもないがの。だが、選定者は今回の魔導砲くらいは簡単に避けるからな。お主もそれくらいできるのだろう？　まだまだ戦場の主役は人だ」

合図とともに轟音《ごうおん》が鳴り響き、砲弾が海へと放たれる。放物線を描いて飛んだ砲弾は、数秒後に高い水しぶきを上げて着水した。

「できる、と言えるのが嬉しいような悲しいような」

「なんじゃ。嫌な思い出でもあるのか」

「師匠に訓練と称して魔導砲の的にされたことがありましてね。全部かわすか弾くかしたら、さらに性能を上げたやつを造ってきまして。おかげで素材を使い果たして、何日も採掘に明け暮れることになったんですよ」

特別な戦闘でしか使えない魔導兵器だが、ギルドハウスの内部でなら使うことができた。

プレイヤー同士の訓練用に、デスペナルティや装備の消耗なしで戦える仮想戦闘モードを使った、兵器の試射である。

大型兵器は難しかったが、今回ドルクたちが使っているような兵装なら使用可能だった。ただし、弾丸はスキルを使う際の魔力と同じ扱いで、使えば使うだけ消えていく仕様だ。

調子に乗ってどれだけの素材を消費したのか思い出して、シンは少し遠い目をする。

「完成品が世に出んことを祈るわい」

「設置はせずに解体していたので、出てくることはないと思います」

「うーむ、もったいないと言うべきか、安心だと思うべきか」

貴重な技術を使った品を見てみたい、解析してみたいという欲求と、そんな超兵器が世に出てきたら大変なことになるという危機感がないまぜになって、ドルクは複雑な表情を浮かべている。

「もしもがいないことを祈りながら、備えるしかないんでしょうね」

「そうさな。ここで作られたものも、その多くは日の目を見ないのが一番だ」

モンスターという潜在的な脅威がある限り、兵器開発を進めないわけにはいかない。その使われ方が間違ったものにならないようにしないといけない。

それらを両立するのは、黒の派閥でも、そしてシンでも難しかった。

「とりあえず、この話題はここまでにしましょう。俺たちが悩んでも詮無《せんな》いことですし。それより、さっきの試射は成功なんですか？」

「柄《がら》にもない悩み方をしてしまったわい。試射の方は、まあ成功と言っていいだろう。射程が伸びるように砲弾を改良したんだが、効果は十分出た。威力は計算上のものになってしまうが、さすがに的を用意するわけにもいかんからな」

海上に的を用意するくらいはできるが、砲弾の威力を測るには相応の強度を持った的を配置しなければならない。そうすると、簡単な船では支えきれないくらいの重量になり、さらに使い捨ての的にするには経費が掛かりすぎる。

また、命中率の問題もあるので、当たるまで撃つというわけにもいかない。

ある程度の距離で威力の測定はしているようだが、実際に使うとどうなるかは、なかなか試せないらしい。

「実戦で、というわけにはいかないですもんね」

「実戦で試作品を使う余裕はないからな。実際のところ、島の周りに設置された魔導砲の方が、射程も威力も高い」

「それでも開発を続けると」

「これに関しちゃ、明確に目標にできる現物があるからな。過去の技術を超えてみたいという欲求は、抑えられん」

まだまだ先は長そうだが……と言って、ドルクは施設に戻ろうと促した。試射のデータは他の作業員がまとめるようだ。

そのまま各種施設見学が続き、シンは疑問に思ったことを聞いていく。

昼食をはさんで午後になっても怒涛《どとう》の説明ラッシュは終わらなかった。シンも集中力が全く途切れることなく、行く先々で話し合いが展開されたのだった。

†

すべての施設の見学が終わるころには、すっかり日が傾いていた。

時間を忘れるとはまさにこのことである。

「いやあ、すっかり話し込んでしまった。やはり自分にはない意見を聞くのは面白いわい」

「こっちも勉強させてもらいました。とくに合金に関しては新しいアイディアが湧いてきましたよ」

ドルクとすっかり意気投合したシンは、長年の友人のように笑い合った。

「今日はここまでか。名残惜しいが、他の部署の連中も待ちわびとるだろうし、仕方がない」

明日の見学についてシンが考えていると、ドルクが予定を変更して海洋部門にしないかと提案してくる。

「明日は海洋部門が中心になって海底鉱脈から鉱石を回収する作業がある。シィマに話を通せば見学できると思うが、どうする？」

「海底鉱脈ですか。せっかくの機会ですし、可能ならぜひ見学したいですね。シュニーたちはどうだ？」

「お供します」

「くぅ」

シュニーとユズハから了承を得て、シンはうなずく。

地上の鉱脈と違い、ある程度のレベルと装備がなければその場に到達することもできない海底鉱脈は、鉱石系の素材採掘場所としてゲーム時代に非常に世話になった。

こちらに来てから積極的に探してはいなかったが、やはり残っていたかと、シンは懐《なつ》かしく思う。

「せっかくなら、全員で見てはどうだ？　海洋部門には誰も行っとらんのだろう？」

「そうですね。皆が帰ってきたら提案してみます。でも、急に全員で行って大丈夫ですか？」

「見学だけなら問題はなかろう。シィマも提案する気だと言っておったからな。どうするか決まったら、食堂の入口にある受付に話してくれれば伝わる」

「わかりました」

ドルクと別れたシンは、シュニーたちを伴って食堂に向かった。

料理の注文を済ませると、シンは気になっていたことを口にした。

「えーと、二人とも、今日は退屈じゃなかったか？」

シンは丸一日アトラクションを楽しんだような気分だったが、シュニーとユズハはいわば蚊帳《かや》の外。

シュニーは、シンと二人でトレーニング・ダンジョンがあるエルクントに飛ばされた際に多少鍛冶技術を習得しているが、それでも専門的な話はついてこられないだろう。ユズハは言わずもがなだ。

かつて自分も体験した、鍛冶技術が育っていく過程を見ているようで、シンはつい夢中になってしまった。その反面、二人には退屈な思いをさせてしまったのではないかと、今更ながら少し申し訳ない気持ちになった。

「いえ、そうでもありません。大陸で使われている道具と、ここで開発されている道具の違いには驚かされましたし、子供のようにはしゃぐシンを見ているのも楽しかったですから」

「うむうむ」

ふふふと笑うシュニーの隣で、その通りとでも言うようにユズハが大きくうなずく。中身も子狐モードに合わせているからか、ユズハ用に切り分けられた肉を頬張《ほおば》りながらうなずいているので、なんとも愛嬌《あいきょう》のある仕草になっていた。

「うぐ、いやあ、こういう物作りの現場ってやつは、どうにもテンションが上がっちゃうんだよ」

自分だけはしゃいでいるのを見られていたと思うと、シンは気恥ずかしい気分だった。

シンは現実世界でも、どのようにして技術が発展したのかといった感じのドキュメンタリーが放送されていると、つい見てしまう。

それが現場に出向いて体験できて、しかも扱っている技術が自分にも十分理解できるとなれば、楽しくて仕方がなかった。

現場の作業員もシンのことは聞いていたようで、軽い意見交換などもしている。

ただし、シンが持っている知識を出しすぎると、パラダイムシフトを起こしかねず、気を付ける必要があったが。

とはいえ、ついつい白熱してしまう場面が多々あった。

「シュニーも発展型を知っているものがいくつかあったんじゃないか?」

「そうですね。調理器具の開発をしている人たちには、頑張ってほしいです」

自身も料理をするだけあって、シュニーは調理道具の開発が印象に残ったようだ。

月の祠の調理器具は、コンロ一つとっても思い通りの温度を設定できる。しかもこれはまだ序の口で、調理時に料理人を保護する機能——食材によっては調理に危険を伴うものもある——すらある。

この世界では、調理器具が進歩すれば、食材として利用できるものも増えるので、今は廃棄するしかないもの、見向きもされないものも、いつかおいしい食材扱いされる日が来るかもしれない。

「ユズハはどうだ？　何か気になったものはあったか？」

「ん～、毛を切るやつと、あったかい風が出るやつ。シンも似たの持ってる」

「ああ、バリカンとドライヤーか」

ユズハは実際に自分が体験したことがあるものに興味を持ったようだ。

ゲーム時代でもそうだったが、体毛を持つモンスターの毛が伸びる他、換羽《かんう》や脱皮など、ペットを飼っている人なら体験したことがあるだろう変化が再現されていた。こうしたお手入れを放置していると、パートナーモンスターの好感度が下がる仕組みだ。

モンスターとして戦ったエレメントテイルは毛が伸びるような覚えはなかったが、こちらでは同じように毛が伸びる。シンが伸びた毛を切るのにバリカンを使おうとしたことがあったのを覚えていたらしい。

ただ、ユズハがレベル600を超えたあたりから手持ちのバリカンでは歯が立たなくなり、今ではキメラダイト製の鋏《はさみ》でシンが時間をかけて整えている。

そのせいか、シンはいつの間にか鋏の扱いがずいぶんうまくなっていた。

ドライヤーの方は風呂に入った後で毛を乾かすのに使っている。こちらもシンのお手製で、毛を傷《いた》めず、それでいてふわふわに仕上がる一品だ。

そこに、毛づくろい用の特製櫛《とくせいぐし》――グルーマイスターをさっと一撫ですれば、日々の手入れは完璧である。

「どっちも需要はあるだろうけど、開発リストに入ってたのは少し驚いたな。もっと武具に偏っていると思ってた」

「そうですね。私も同じような考えでした。ですが、私は今の方が好ましいです。クリュックさんや、以前出会ったヴァルガンさんからは、武器を作るとしても作品としてより良いものを目指すという方向性を感じます。シンもそうですね。真剣に取り組みながら、同時に物作りという行為そのものを楽しんでいるのがわかります。ですが、そういったものを捨てて、相手を傷つけるための武器、それを防ぐための防具。そんな性能だけを追い求めていたら、きっと今のようにはならなかったと思います」

鍛冶部門は武器や兵器の類《たぐい》も作るが、メインとなるのは様々な金属加工技術の開発だった。そのため、鍛冶と聞いてイメージする武具よりも、むしろ一般的な金属加工品の開発数の方が多い。

ゲーム時代はあまり重要視されなかった、普通の金属を複数使った合金も積極的に使用しており、そちらの技術に関しては当時より発展しているのではないかとすら思える。

これはオリハルコンをはじめとした特殊な技術が必要な金属よりも、加工がしやすい金属の研究を重視した結果だろう。

ゲーム時代は性能を上げるなら希少金属を使うべしという考えが一般的だった。月の祠にある食器の数々がオリハルコンやミスリルといった希少金属でできているのは、シンが練習がてら余った素材で試行錯誤した結果だ。

「明日は海洋部門か。やっぱり船かな」

「周りは海ですからね。やはり造船技術は必須でしょう。他に……そういえば、水中用の装備は鍛冶部門と海洋部門、どちらになるのでしょうか？」

「俺たちの装備みたいな感じなら付与だし、そうでなければ普通に装備品だから、鍛冶部門な気もするけど。ダイバースーツみたいな感じでもあるから、海洋部門のような気もするな。どっちだろ」

説明を受けた範囲では、見た覚えがなかった。

生産系は大きなくくりでは鍛冶と範囲がかぶっているものも少なくない。

というよりも道具を使う時点で、どの部門にも鍛冶部門が関わるのだ。

先ほど話題に出たドライヤーなど、半分以上生産部門の範囲だ。海洋部門の造船技術に関しても、鍛冶が関わっているのは間違いない。

「そのあたりも、楽しみにしておこう」

「そうしましょうか」

的確なアドバイスをしなくてはいけないというわけでもないので、シンも気楽なものだ。

少し時間をおいて、各施設に行ったメンバーが戻ってきた。
シンが明日は海洋部門はどうだと話をすると、二つ返事でＯＫと返ってきた。
シンたちは受付に伝言を頼み、明日に備えてすぐに休んだ。

Chapter 3 海底に眠るもの

THE NEW GATE

翌日、朝食を終えてしばらくすると、海洋部門長のシィマが食堂に現れた。ドルクと同じく、部門長自ら説明をしてくれるようだ。

「では早速行きましょう！」

シィマの後に続いて門を出ると、馬車が用意されていた。ギルドハウスの広さを考えれば、速く移動するための手段は必須だろう。

馬車を引くのは側頭部に牛のような角を持つ馬型モンスターのブル・ホース。同ランク帯のモンスターと比べて非常にタフであり、ゲーム時代は農耕馬としてNPCが畑や田んぼを耕すのを手伝っていた。戦闘以外ではのんびりしたモンスターだったはずだが、馬車に繋がれたブル・ホースは早くは走らせろとばかりに鼻息荒くシンたちを見ている。

パルダ島に着いた時のようなコンテナではないので、二台に分乗しての移動だ。一台目がシン、シュニー、ユズハ、フィルマ、シィマで、二台目がシュバイド、セティ、ティエラ、ミルト、カゲロウだ。

舗装《ほそう》された道は、見た目は現実世界の道路とほとんど変わらない。この馬車にもシンの馬車のような振動抑制機構がついているが、道がきれいに整備されているのでほとんど出番がなかった。

「こっちに来たばかりの時も思いましたけど、地面が舗装されていると乗り心地が違いますね」

シンの感想に、シィマが同意した。

「そうですね。これぱかりはギルドハウスを造った方々に感謝です。我々も地面を舗装する技術の研究をしていますが、耐久力と経年劣化の問題がなかなか解決しないので」

舗装はゲーム時代の技術で行われているようだ。おそらく、軽度の自己修復能力が付与されているのだろう。この技術が発見されてから、設備のメンテナンスにかかるコストがかなり少なくなったのだ。

「シィマさんはどんな研究をしているのですか？」

舗装の技術に関してシンが考えていると、シュニーがシィマに話しかけた。

ドルクは最初の顔合わせからもう武具関連だとわかっていたが、他のメンバーはそういったものがわからない。

「立場上、部門内のほぼすべての研究に目を通していますが、私個人が一番力を入れているのは、水中用の装備についてですね。鍛冶部門や未解明技術部門と協力することが多いですけど」

武器防具となれば、鍛冶部門の協力は欠かせず、新しい技術を試すためには未解明技術部門と新しい装備の開発をすることもある。重要な技術に関しては変な意地を張らずに、腹を割って話をするようだ。

「こちらでは体にフィットするタイプが主流と聞きましたが」

「そうなんです。水の抵抗や水温の遮断、防具としての性能も考えると、ダイバースーツと呼ばれるタイプが一番理にかなっているんです。ただ、過去の文献では他にもいろいろな形がありますし、陸上で使う防具を水中に適応させる技術もあるみたいで、まだまだ先は長いですよ。現存するものもあるらしいですが、手に入れるのは難しいですから」

パルダ島に来る前にシンが行った装備を水着に変える付与も、情報として残っているようだ。やり方までは伝わっていないみたいだが、実物を見せるくらいはいいかもしれないと、シンは思った。

「それで、本日の見学についてなんですが、我々の保有する潜水艇から見学するか、水中用装備を体験するか、選んでもらおうという話になっていたんです」

「なっていた？　というと、変更になったんですか？」

何かトラブルでもあったんだろうかとシンが思っていると、シィマが若干視線を逸らしながら言った。

「実は、シン殿が〝魔の海域〟に突入して無事に帰ってきたという情報を得ていまして。我々の持っている潜水艇より高性能な潜水艇をお持ちなのではという話に……」

「ああ、なるほど……」

セルシュトースを探しに行った時の情報を掴んでいるようだ。シンたちが船を出した都市バルバトスにも、情報収集を担当するメンバーがいるのかもしれない。

（いや、あの人が実は派閥の構成員だったとか？）

当時、『白《しろ》の料理人《りょうりにん》』ことクックのサポートキャラクターたちが、魔の海域を調べに行こうと船を造ってもらっていた。

シンが船を用意した際に、船の製作を頼んでいた工房のドックを借りたが、それを見た途端《とたん》、調べさせてくれと懇願してきたドワーフの姿がシンの脳裏に浮かぶ。

シンがバルバトスを出た後も、わざわざ冒険者ギルドに指名依頼を出していたくらいだ。まだ諦めていない可能性は高い。本人もこちらの世界ではかなりの技術屋だという話だったので、黒の派閥かドワーフの組合あたりと繋がりがあってもおかしくはない。

「この際、こちらの船とそちらの船を見せ合うのはどうでしょう。俺のは厳密には潜水艇ではなく船ですけど、機能は似たようなものです。他の人が造った船って、自分にはないアイディアがあったりして、見ていて面白いですし。必ずしも俺たちが使っている船の方が高性能とは限りませんから」

シンが提案すると、シィマは即座に乗ってきた。

「それはこちらからお願いしたいくらいです。水中用装備は体験しますか?」

「水中用装備は……実は戦闘用装備に形状変化の付与をしてありまして」

「……なん、です、と」

ついさっき文献で見ただけの技術と自分で言ったものが実装されていると聞かされ、その衝撃でシィマの顔から表情が消えた。

「やり方を教えることはできないんですが、実際に変化するところを見せるくらいなら大丈夫ですよ」

「いいんですか‼」

シンの言葉を聞いたシィマの目が、くわっと見開かれる。

シンの正面に座っていたシィマが、飛びかからんばかりに前のめりになるのを、隣に座っていたフィルマが肩を掴んで押し止めた。未知の技術に対して貪欲なのはこちらも同じらしい。

「ほらほら、シンはやっぱりやめたなんて意地悪はしないから。一旦座って」

フィルマは見かねたようにシィマの腕を引いて席に戻す。

「こほん、お恥ずかしいところをお見せしました」

落ち着いたところで、海底鉱脈の採掘をどのようにやるのかを。シンが質問した。

ゲーム時代は水中用装備を身につけた状態でハンマーやツルハシを振るっていた。当時はステータスが相応に高い状態だったので、水中でも問題なく掘り進められたのだ。

選定者の少ない今の状況では、同じ方法は難しいだろうとシンは思った。

「潜水艇で海底まで行き、水中用装備を身につけた採掘担当が交代で、という感じです。作業では打ち付けた際に前方に衝撃を発生させる付与をしたハンマーを使っています。水中で呼吸できる時間は最大で六時間まで可能ですが、作業自体が重労働ですから、二時間おきに交代していますね」

生産系の選定者でも、力が強ければ採掘に動員されるらしい。

素材に関してはいつ、どの部署で必要になるかわからないので、全部署で協力するという。

話をしているうちに、窓の外に海が見え始めた。港もあり、船も並んでいる。

馬車が停留所らしきエリアに止まり、全員が降りたところでシィマが港の方を指し示しながら言う。

「シン殿の船はどの程度の大きさでしょうか。空いている場所はあのあたりが一番広いのですが」

シィマが指し示した場所は、シンが以前使った魔導船《まどうせんぱく》を出すには十分の広さがあった。

アイテムボックスか、カード化か。そのどちらかの方法で船舶を所持していることは、シンが言うまでもなくシィマも理解しているようだ。

シンは問題ないと返して、岸へ近づく。一応アイテムボックスではなくカード化してあったと思わせるために、懐《ふところ》からカードを出したような仕草で魔導船舶を出現させた。

見た目も中身も魔の海域を捜索した時のままだ。

「やはり見事ですね。採掘はすでに始まっていますので、船の見せ合いは見学の後でいかがでしょうか」

「せっかくの機会ですから、そうしましょうか。この際、シィマさんも俺たちの船に乗っていきませんか?」

「乗って、ですか? それはもちろんそうさせていただけるなら断る理由はないですが、しかし今回は海底の……まさか、潜れるのですか?」

シンは魔導船舶が潜水可能だと知っていたので、それも含めて乗ってみるかと言ったのだが、困惑するシィマを見て、ゲーム時代の基準で話してしまったと気づく。

シィマはこの後の予定と先ほどまでの会話の流れで、シンの魔導船が潜水も可能だと判断したようだ。

ここまで来たらと、シンは驚いているシィマに再度問う。

「ええと、俺のはそういう仕様でして。で、どうします？　もしかして、決まったタイプの潜水艇じゃないと近づけないとか？」

数秒固まっていたシィマだったが、はっと我に返り、無言のまま連続でうなずきを返した。驚きのあまり、すぐに言葉が出てこないようだ。

「大丈夫ですか？」

「だ、大丈夫です。ではお言葉に甘えさせてもらいます。現場のまとめ役に連絡してきますので、少々お待ちください」

海底での採掘は大がかりな作業だ。いくら部門長といえども、現場の責任者に連絡もなく所属不明の船を近づけてはトラブルの元になる。そのあたりの報連相《ほうれんそう》はしっかりしているらしい。

シィマが戻ってくると、シンたちは魔導船に乗り込んだ。

シンたちは内部の設備を軽く説明しながら、操縦桿《そうじゅうかん》のある部屋へ。目を輝かせているシィマに苦笑しつつ、船体が海に潜った。

作業がしやすいように海中用の照明があちこちに設置されている。そのおかげで、光の届きにくい深度になっても周りがよく見えた。

「なんというスムーズな潜航。しかも、この透明度のガラスをこれだけ広く展開しながら採掘地点よりもさらに下の深度まで潜航可能となると、どれだけの強度があるのか。製造方法そのものが既存のガラスとは違う？　この大きさの船舶を動かすとなれば、必要な出力は最新式のものとは比べ物にならないはず。いや、そもそも構造は我々の知っている船とさほど変わらないのに、どうやって進路を変更しているのか。推進機構の発想が既存のものと違いすぎる。しかしそれでは――」

「あ、あの……シィマさん？」

子供のように目を輝かせていた姿から一転して、技術者の顔でぶつぶつ話し始めたシィマに、ティエラが恐る恐る声をかけていた。

「はっ！　すみません。あまりにも衝撃的な体験で、つい我を忘れてしまいました」

船のことに詳しいだけに、様々な疑問が湧いてくるようだ。

ただ、その疑問をシンにぶつけてくることはしない。その目には必ずこの技術を解き明かしてみせるという強い意志があった。

「こほん。えー、我々が今回採掘を行うのは、あちらの海底鉱脈です。採掘場所の深度はおよそ300メルといったところです」

シィマの指示に従ってしばらく潜航すると、鉱脈が見えてくる。地上でよく見る坑道を掘り進めるタイプではなく、鉱床《こうしょう》が一面に広がっている露天掘《ろてんぼ》りに近いタイプのようだ。

照明に照らされ、時折きらりと反射した光がシンたちの目に届く。見たところ、光の届く範囲の端から鉱石を採取しているようだ。鉱脈は段差のあるなだらかな丘のような形状をしており、端に向かうほど深度が増していく。

採掘作業を行っているのは、見える範囲で二十名ほど。皆ダイビングスーツによく似た装備を身につけている。少し違うのは、頭だけ丸い壺《つぼ》――あるいは金魚鉢《きんぎょばち》を逆さにしたような形状の防具をつけているところか。作業をしているメンバー以外にも、同じような装備の人や、戦闘用の装備を身につけた魚人、人魚タイプのビーストが周囲を泳いでいる。こちらはモンスターを警戒しているようだ。

作業員たちから50メルほど離れただけで、もうそこから先は光の届かない暗闇が広がっている。水中の怖いところは、そこから突然モンスターが現れないとも限らないところだ。

海流は緩やかなようだが、作業員は命綱をつけており、その先は小型の潜水艇に繋がっている。見た目は四角柱っぽい船体にマスト、前後四つのスクリューがついた、潜水艦と聞いてイメージする形をかなり簡素にしたものに近い。

魔鋼鉄製の初期型潜水艦。シィマが潜水艇と呼んだものは、ゲーム時代にそう呼ばれていた。基礎スペックとして最大３５０メルまで潜航可能で、それなりに耐久度もある、海底探索初心者向けの乗り物の一つだ。ただ、海中のモンスターに対抗できる装備が少なく、速度もあまり出ないため、あくまで海底探索の拠点として使われることが多かった。

初期型というだけあって、耐久性はお察し……で、レベル100程度のモンスターの攻撃でも連続で受けると沈む。

視線の先にある潜水艦は装甲を足しているようだが、それでもないよりはマシというところだろう。

地上と比べて海中はモンスターが大型化しやすいため、ゲーム時代、海中探索が始まったばかりの頃は高レベルモンスターに潜水艦ごと食べられるプレイヤーが続出したのも、今では懐かしい思い出だ。やられた側はパニックホラーさながらだが。

「ここは各種魔鋼鉄が定期的にとれる場所なんです」

「定期的？」

「ええ、ここは魔力が豊富な土地のようで、ある程度時間が経つと、私たちで用意して埋めておいた鉄が地面に埋没して、魔鋼鉄に変化するんです。ごく稀《まれ》に、採取の過程でオリハルコンが見つかることもあります。ほんのひと欠片程度ですが」

魔鋼鉄となったものを取り出し、新しい鉄を埋める。そうすることで、定期的に一定量の魔鋼鉄を採取できる。そんな夢のようなことがあるのだろうかと、シンは首を捻《ひね》る。

『もしかして、地脈の影響か？』

『おそらくは。地脈の近くでは貴重な薬草が育つことがあります。ここでは鉱物に影響を与えているのでしょう』

シンが音声チャットの【心話《しんわ》】でシュニーに聞いてみると、似たような現象があると教えてくれた。

なるほどと納得すると同時に、そんな貴重な場所を公開していいのだろうかとも思う。

「これって軍事機密とか、そういう感じのやつでは？」

「ただ鉄を埋めておけばいいというわけでもありません。これ以上詳しくは話せませんが」

人差し指を口元に持っていきながら、シィマは小さく笑った。

そんなにお手軽な話でもないようだ。すべてを明かしたわけではないと知って、シンもうなずき返す。これればかりは聞かされても困るというものだ。

「近くに行ってみてもいいですか？」

「できれば船で近づくのは遠慮していただけると」

「いえ、こいつは船の中から外に出るための機能があるんです。ここに着いた時に話した装備を水中用にする付与と、水中呼吸用のスキルなりアイテムなりがあれば、潜航状態でも外に出られます」

「なんと……その様子、見せていただいても？」

「ええ、構いませんよ」

黒の派閥の作業員たちは最初から外に出た状態で、潜水艇に掴まりながら潜るらしく、シィマはシンの言った機能に興味津々だ。そのあたりは、ゲーム時と変わらないらしい。

「誰か一緒に来るか?」

「せっかくですので、お供します」

「僕も見ておこうかな。海底鉱脈なんて、前は話でしか聞いたことなかったし」

「あたしも行くわ。鉄が魔鉱石に変わるなんて面白いし、魔力の流れとか近くで見たいし」

シンの問いに、シュニー、ミルト、セティが手を挙げた。他のメンバーは待機しているようだ。

操縦をフィルマに任せ、シンたちは船底部にある水中へ出るための設備へ向かう。

「この空間に水を満たして、装備が変わったのを確認してから底のハッチを開けます。で、あとは出るだけです。装備が変化しないか、水中呼吸用のスキルが発動していない場合は、途中で注水が止まるようになっていますから、もしもの時も溺《おぼ》れることはないですよ」

「なるほど、我々の潜水艇の発展型にも、このような空間があるのは資料で知っていましたが、このためのものでしたか」

ゲーム時代のギルドハウスだけあって、今では失われてしまったアイテムや機材の数々、そのレシピや設計図が残っている。その中には、今世間に出回っている機材の発展型と思われるものも残っているようだ。用語の意味や材料、工程の一部がわからずに、再現できないものが多くあるという。資料にあった空間は、バラストの一種だと予想していたらしい。

柊連合は、装備やアイテムの省コスト化が得意で、駆け出しから中堅あたりまでのプレイヤーが世話になることが多かったギルドだ。既存のレシピより安価で簡単なものがないか探すのを楽しみにしていたプレイヤーが多く所属していた。

【THE NEW GATE】はアイテム一つとっても作製レシピがいくつかあり、貴重なアイテムほどレシピの数が増える傾向にあった。最短ルートだと思っていたら、大回りしていた——そんな話は枚挙に暇がない。設定をした運営は変態だという意見は、生産系プレイヤーなら誰しもうなずくところだろう。

ただ、いろいろなやり方があったからこそ、ちょっとしたやり込み要素として楽しんでいたプレイヤーもいた。シィマたちにとっては発展型の設計図だろうが、シンにとってはプレイヤーたちの試行錯誤の名残りだ。

「じゃあ、外に出ようと思いますけど、シィマさんはそのままで大丈夫ですか？」

着替えが必要なら一旦更衣室にと確認すると、問題ないと返ってくる。ワンピース風の服に白衣という格好のシィマだが、それらには水中での活動を妨《さまた》げない付与がされているらしい。

「仕事柄、海に出ることもそれなりにありますし、水に濡れるのもしょっちゅうなので、いっそのこと水陸両用の仕事着を作ってしまおうということになりまして」

水着に変化こそしないが、その再現のために研究中の技術が使われているらしい。種族も人魚なので、装備と合わせて水中での活動に支障はないという。

「そういうことなら、俺も装備を変化させて、と」

シンの言葉を皮切りに、シュニーたちの服装が水着へと変わる。シィマはその様子に驚きつつも、変化の過程を見逃すまいと、目を凝《こ》らしていた。

「これは、すごいですね。金属製の装備も同じように変化するんでしょうか」

「はい。見た目に関しては、元の装備がどうであれ変わらないはずですよ。防御力は装備によりますけど」

「防御力……」

シンの説明を聞きながら、シィマの視線はシュニーやミルトの胸元や腰回りに向けられていた。装備の防御力と聞いて、水着そのものの耐久力を想像したのだろう。普通に考えて、水着に防御力などあるはずがない。

「戦闘することを考えれば、魔術鎧《まじゅつよろい》と同じように露出している部分も守られている——という理解で、あっていますか？」

「ええ、そうです。見た目は何もつけていませんけど、剣や牙や魔術なんかも元の装備と同じように防ぎますよ。ただ、水中用の装備なので、地上だと性能が下がります」

シンは部屋の入口の横に設置されている箱から短剣を取り出し、腕に向かって軽く振るう。その刃は、シンの腕に触れる寸前で、硬質な音とともに弾かれた。

「まるで見えない障壁に守られているようですね……魔術鎧の解析結果と合わせれば、より完成に近づく可能性があるかも」

セリフの後半はささやくような音量だったので、考えていたことが口に出ただけのようだ。

「参考になります。ところで、水着のデザインはどうやって決めているんでしょうか。皆さん、それぞれデザインが違うので、想像がつかなくて。あ、何か特殊な技術なら言わなくても結構です」

シンたちの水着を見ながら首を捻っていたシィマだったが、今まさに装備しているものの技術を聞くのはまずかったのではと、慌てて取《と》り繕《つくろ》った。

「あー、これは特別な技術を使っているわけじゃないんですよ。実はスキルを使うと、装備が水着に変わるところまでは、元がどんな装備でも共通なんですけど、どんなデザインになるかはやってみないとわからないんです」

「わからない、ですか？　つまり意図的にあの形になっているわけではないと？」

「原理はまあ、説明が難しいんですがね。スキルを付与するたびにいろんなデザインに変化するので、使う人の好みのものが出るまでひたすら付与を続ける、なんてこともありますよ。外れ枠も結構あるので」

シュニーやティエラの〝人前に出るにはよろしくないデザイン〟が出た時の映像が、シンの脳裏に蘇《よみがえ》る。

「何度も付与をするのですか？　しかし、それでは他の付与に必要な容量まで使ってしまうのでは？」

「あ、この変化の付与は何度やっても一度分の容量しか使わないんです。同じ枠に重ねがけするようなものですね。だから、何度も挑戦できるんですが、これがなかなか曲者《くせもの》でして。本当にいろんなデザインが出るんですよ。ちょっと人前に出るにはそぐわないものから、笑わせにきてるんじゃないかってものまで」

「どんなデザインなのか気になりますが……すごそうですね」

シィマの視線がシュニーへ向かう。ごくりと喉《のど》を鳴らすのを見て、シンは人前に出られないデザインを着たシュニーを想像しているのだろうかと思った。

「では、皆さんの水着はそれぞれの好みのものだと」

「えぇと……」

シィマの問いに、シンは言いよどんだ。

シュニーとミルトは――本人了承済みとはいえ――本人の好みではなく、シンの反応が良かったもの、つまりはシンの好みに合わせたデザインだ。また、セティもシンが似合うと思うデザインを選んだ。やはりシンの好みである。

なんと、この場にいるシィマを除いた女性陣は、全員シン好みの水着を着ていることになるのだ。

シンが口ごもっているのは、そういう理由からである。

ミルトがニヤニヤ笑いながらからかうように言ってくる。

「これは言い訳できないねぇ」

「くっ」

さすがにこれにはシンを擁護《ようご》できないようで、シュニーも困ったように微笑んでいた。

「ふふ、好かれているのですね」

「それは、そうなんですが……」

シィマは微笑んでいるが、複数の女性を侍らせているように思われるのは、シンとしては居心地が悪い。とはいえ、シュニーやミルトとの関係を説明するのも言い訳をしているようで、どう伝えたものかと悩む。

「ご心配なく。私もそのあたりは理解しています」

シンは元の世界の常識から、ハーレムを作っていると思われることに抵抗があったが、この世界の常識では、なんの違和感もない。それが、シィマの表情や言葉から伝わってくる。

（まあ、そう見えるよなぁ）

自分がシィマの立場なら、察するに余りある状況だ。少なくとも、シュニーとミルトの反応を見て、好意がないとは思わないだろう。

「ちなみに、シュバイドもいますけど、そっちはどう見えるんです？」

「そうですね。失礼かもしれませんが、仲間であると同時に、主従関係のような、そんな風に見えます」

研究者として派閥の本拠地であるパルダ島にいることが多いシィマだが、それ以外の世界を知らないわけでもないようだ。この世界の技術レベルを知らないと、世に出していいものといけないものの区別がつかない。部門長を務めるだけあって、そのあたりの観察眼も養っているのだろう。

「あ、私は違うわよ？」

世間話でもするような声音《こわね》で、セティが言った。シィマもとくに驚いた様子はない。

「あら、そうなのですか。確かに、少し違うような気もしていましたが」

「水着を選んだのはシンだけど、シュー姉やミルトとは好みの意味が少し違うのよ。立ち位置はシュバイドに近いわね。そもそも、この二人を見てよ」

呆れを含んだ表情で、セティはシュニーとミルトの方を向く。

「タイプは少し違うけど、すごいでしょ？　いろいろと」

「うなずくしかないですね」

やれやれという言葉が聞こえてきそうなセティの表情に、シィマも苦笑しながら同意を示した。

「あの二人と張り合うとか、ダンジョンのボスにソロで挑むより大変よ。見た目以外もいろいろ盛りすぎってくらいなんだから。それに、場合によってはティエラちゃんとフィル姉も加わるし、見てるだけでお腹いっぱいよ。人格じゃなくて能力に惹《ひ》かれたとかいうわけでもないから、見てるこっちはお幸せに、としか言えないわ」

「あらあら」

セティの話を聞いたシィマは、なぜか楽しそうな表情を浮かべている。

「えーと、そろそろ出ませんか？」

この会話はこれ以上続けさせてはいけないと、シンは話を打ち切った。準備は終わっているので、長居する必要もない。

「すみません。この手の話はどこも同じなんだと思うと、少し親近感が湧いてしまって」

「湧きます？　親近感」

どこに親近感を感じるポイントがあっただろうかとシンが問うと、シィマは少し困ったように笑って言った。

「私たちの知識と技術の中には、ある程度の肉体の強さを必要とするものもあります。私もそうですが、少なからず素養のある者は、血を残すことの意味を頭の片隅に置いておかなければなりません。素養のある者同士で契って、より強い子を残す。技術を廃れさせないために継承者を育てる。それはこの世界で人が存続していくために必要なことです。だからといって道具を作るようにそれを行うのは人の道に反する。研究者としての義務と、人としての幸せ。どちらに比重を置くか、私たちは常に問いかけられている。そう、私は思うんです」

「……難しいですね」

突然の重い話に、シンはなんと言えばいいのかわからず無難な言葉を選んだ。

「はい。ですが結局は人のやること、惚《ほ》れた腫《は》れたは避けて通れません。研究にしか興味のなかった人が、恋に落ちて変わるなんて話もありました。シン殿のようなすごい人たちでも、誰かを思う気持ちは変わらないんだなと思ったら、親近感も湧きますよ」

「能力で相手を決めるっていうのは、考えたことないんですよ。俺のいたところは、そういうのもなかったわけじゃないですけど、大部分は自由恋愛でしたし」

「それが当たり前になる日が来るといいですね。そのために、我々も頑張らねば」

シンはむんっとやる気を出すシィマに、改めてこの世界の人の強さを感じた。

会話が切れたので、シンは船体の外へ出るために、シンは注水を開始しようとする。そこへ、シィマから声がかかった。

「すみません。最後に一つ確認させてください。水中での意思疎通はどうやっているのですか?」

「【潜水《ダイブ》】というスキルを使います。ビーストの水中形態だと、確かスキルレベルⅤくらいの効果が、スキルを持ってなくても発動するって聞いたことがありますけど」

「はい。私の場合はスキルの取得と水中活動の成果で、Ⅶ相当と思っていただいて構いません。そちらは、いえ、聞くまでもなさそうですね」

シィマはシンたちの態度から、スキルレベルが最大の状態だと察したようだ。

「他に確認しておくことはありますか?」

「いえ、大丈夫です」

「じゃあ、注水を始めます」

注水を始めると、静かに、それでいてかなりの速度で部屋が水に満たされていく。

水が八割方入ったところで、シィマの姿が変化した。両足が一体化して鰭《ひれ》がつく。水中行動に特化したビーストの姿の一つ、人魚形態だ。女性だからといって必ず人魚になるというわけではないが、シィマはこの形態のようだ。

注水が終わると、シンたちの立っている場所の床が左右に開き始める。

そこから海中に出て、一行はシィマを先頭に採掘作業を行っている場所へ近づいていった。

「見た目は地上にある鉱床と変わらないな」

シンの感想に、隣にいたセティが視線を巡らせながら言う。

「でも、魔力の流れは普通じゃないわね」

その言葉を受けて、シンは魔力視を発動させた。魔力の流れている様子が、薄い赤色の光となってシンの目に映る。魔力は作業員たちが立っている場所全体に薄く流れていた。隙間なく、全体にだ。これは普通ではない。地上で【魔力視《まりょくし》】を発動しても、地面を覆うように魔力が流れている光景など、見えないのだから。

「地脈の影響ってやつか？」

「どうかしら。地脈を流れる魔力が地表にまで出てくるなんて、見たことも聞いたこともないわ。ただ、ここは地上よりも地下に近いし、環境も違う。この環境だからこその現象なのかも。ただの鉄が魔鋼鉄に変化する要因の一つなのは間違いないと思うけど」

よく見ると、魔鋼鉄の周りや地表の一部を流れる魔力の流れが少し他と違う。そこだけより薄い感じがするのは、魔鋼鉄や埋められた鉄に魔力が流れ込んでいるからかもしれない。

「すみませんが、皆さんはここで待機をお願いします」

「了解です」

作業の邪魔にならないように、シィマに言われた通りの位置で待機する。この場を見せてくれるだけでも十分なのだ。異論はない。

「ここ、シュニーはどう見る？」

「セティと同じですね。このような光景は見たことがありません。ただ、なんでしょうか。流れる魔力に違和感があるような」

「違和感？」

シンはシュニーの意見を聞いて、改めて地表を見た。しかし、違和感と呼べるほどのものは見つけられない。

「セティとミルトはどうだ？」

「私もシュー姉みたいな感覚はないわ」

「僕も同意見だよ。なんだろうね」

シュニーの言う違和感が気になったシンは、ティエラたちに【心話】をつなげる。違和感のことを伝えると、船体が動いた。ティエラたちがよりまっすぐ鉱脈が見えるようにしたのだ。

『……シン、何か、いるわ』

『いる？　モンスターか？』

ティエラが【心話】でシンに注意を促した。

シュニーやセティが見たことのない魔力の流れ。ある種の異常事態から、シンの脳裏に瘴魔《デーモン》という言葉が浮かぶ。

『断言はできないけど、多分瘴魔《デーモン》じゃないわ。近い、と言えそうなのは、エルフの里に出たあのモンスターね』

『リフォルジーラ……ってことは、神獣か。でも、いるってどういうことだ？　地下でじっとしているってことか？』

海中を棲息域とする神獣はいるし、過去にも戦っている。だが、シンたちの目の前にあるのは鉄の埋められた大地。彼が知る限り、深海と言える深度の海、その地中に潜む神獣などいない。

『生きているかわかるか？　気配がするだけなら、骨が埋まっているとか魔石が埋まっているとか、そういう理由も考えられるんだ』

ゲーム時代には、多くのモンスターの遺体が集まって特殊なエリアが形成された場所があった。神獣クラスのモンスターともなれば、それが骨の一つでも周囲に影響を与えてもおかしくない。

『どうかしら、生きてるようにも死んでるようにも感じるの。シンたちと一緒に本物を見てなかったらわからなかっただろうけど、今なら生きているか死んでいるかだけならはっきり判別できるわ。でも、そうじゃない。いるのは確かなのに、どっちなのかわからないの』

今までの経験から、ティエラの感覚は信用が置ける。そのティエラが、はっきりわからないというのは、シンにどうしようもない不安感を与えた。

どうするかとシンが考えていると、ユズハからも【心話】が飛んでくる。

『シン、すぐに作業してる人たちを退避させた方がいいわ』

『緊急か？』

声こそ子狐モードだったが、感じられる緊迫感は大人モードのそれだ。

『ティエラの言う通り、いる。でも、少しおかしい。急に気配が大きくなった。何が起こるかわからない』

『まじか』

なんでこのタイミングでと思ってしまうが、文句は後回しだ。ティエラとユズハが揃って何かがいると断言し、その上で急かすのだ。動かないわけにはいかない。

シンはシュニーたちに簡単に事情を話し、海水を蹴《け》った。

満足な説明はなくとも、状況を察して彼女たちも続いた。

一方シィマは急に近づいてきたシンたちに驚いている。

「突然こんなことを言い出して信じてもらえないでしょうけど、何かが起ころうとしているのは間違いないんです。すみませんが、強引にでもここから離れてもらいます」

「……わかりました。皆、作業は一旦中止！　潜水艇に退避！」

シンの態度に緊急性を感じたようで、シィマは事情を聞くとすぐに作業員たちに指示を出した。

作業員たちも困惑している様子はあったが、部門長の指示ということもあって、すぐに動き出す。

すでに採取していた魔鋼鉄の入った箱にフック付きのロープを取り付けると、潜水艇がそれを巻き上げていく。作業員はそれに掴まって現場を離れた。

すべての作業員が退避したのを確認して、シィマとシンたちも鉱脈から距離を取る。

「さて、どうなる?」

念のため船舶と合流しようと動きつつ、シンは振り返って顔だけを鉱脈へと向けた。船舶の一部が開き、シンたちを回収しようとしたその時——振動が彼らの身を打った。

「きゃっ!」

「おっと!」

シンは体勢を崩したシィマの腕を掴む。ダメージこそないが、水中という特殊な環境では、全方位に向けられた衝撃をかわす手段がない。黒の派閥の潜水艇も、シンの出した船舶も、大きく震える水のうねりに耐えるしかなかった。

「皆、大丈夫か?」

念のため確認すると、シュニーたちから大丈夫だと返答が来る。

シィマは顔をしかめながら頭を振っているが、ダメージはなさそうだ。ティエラたちも船体が揺れただけで問題はないと返事をしてきた。

「向こうも、大丈夫そうだな」

黒の派閥の潜水艇も、その周囲の作業員も、はぐれたりダメージを受けたりした様子はない。

「なんだったんでしょうか」

「わかりませんが、あそこに何かいるか、あるのは間違いなさそうですよ」

さっきのはモンスターの咆哮《ほうこう》だろうと予想を立てていたシンの視線の先で、鉱脈に変化があった。見えている範囲の大地に亀裂が走り、その衝撃で砂が舞い上がる。地上と違って、一気に広がった砂はなかなか消えない。

「シン、変です。地表に流れていた魔力が消えていきます」

「出てくると思うか?」

「そう考えていた方がいいでしょうね」

念のため、シンは武器を取り出す。水中用に調整された刀『大海嘯《だいかいしょう》』の緑がかった刀身が、照明の光を受けて鈍く輝く。

シュニーたちも同じように得物を手にし、警戒を強めた。

煙幕のように広がった砂の向こうで、ガラガラと音がする。

時を同じくして、海水の流れに変化があった。今までの凪《な》いだような状態とはまるで違う、強い潮《しお》の流れ。採取用の道具が砂とともに流されていく。

そして、大地を舞い上がっていた砂が消え、隠されていたものが姿を現わした。

「……地脈の中からドラゴンの骨か。厄介事の予感しかしないな」

魔鋼鉄が消え、代わりに現れたのは巨大な骨。ドラゴンの頭部と思われるそれは、見えている部分だけでシンたちの船舶に匹敵するほど大きい。

　照明器具がいくつか流されたので、一部しか見えていないせいもあるだろう。それでも、大きく落《お》ち窪《くぼ》んだ眼窩《がんか》は、不気味な気配を漂わせていた。

　警戒したまま時間が過ぎていく。しかし、シンたちの警戒をよそに、それ以上の何かが起きる気配はない。

「動き出した、ってわけじゃないのか？」

　鉱脈の中から現れたドラゴンの骨。シンが予想していたのは、『神獣《しんじゅう》の骨《ほね》』という、ゲーム上でも貴重な素材を元にしたアンデッドモンスターが目覚めたという展開だった。

　頭部の大きさから、体や手足を含めれば相当な巨体なのは間違いない。これが動くとなると、モンスターの分類上はアンデッドモンスターであるボーン・ドラゴンだと思うが、アンデッドの持つ不浄の気配とでも言うべきものが感じられなかった。

「明かりを増やすぞ」

　シンは光術系の魔術スキルを使って、より広い範囲を照らす。地上に露出しているのは頭部だけではなく、胴体や翼の一部と思われる部分もあった。大部分が土の中なので、全体の大きさは正確にはわからないが、それでもシンの予想を下回るものではない。

「シン殿、これは一体……？」

「俺たちも何がなんだか。ただ、見たところアンデッド化して動き出したってわけじゃなさそうですね」

モンスターなら【鑑定《かんてい》】が発動するはずだが、それがない。少なくとも、今のところはアイテムとしての骨なのだろう。

「気になることはありますが、まずは作業員たちを避難させましょう。それに、パルダ島にいる人たちにも連絡しないと」

海中はそうでもないが、地上――パルダ島の方に影響が出ている可能性もある。

シンの提案に、シィマがうなずく。

「そうですね。まずは避難と連絡を優先しましょう。皆さんはどうしますか？」

「避難している間に、少し骨の調査をしようと思います。このタイミングで出てきたのは、ただの偶然だとは思えないので。しかし、俺たちだけで進めていいものなのかなと……」

骨が出てきたのはシィマたち黒の派閥が資源を採取している場所だ。

隠しスポットのようなので、所有権があるかはなんとも言えないが、勝手に進めていいものでもないだろう。

「……では、私が残りましょう。伝言は作業班のリーダーに任せます」

シィマ曰《いわ》く、調査をするなら、シンたちが知識面でも技量面でも適任。ただ、異常事態とはいえ、派閥の構成員が誰もいない状況で調査というのも、あまり外聞《がいぶん》がよくない。

少なくとも自分がいれば、真面目に調査をしていた証人としては十分だと、シィマは言った。

理由はそれだけではないだろうが、わざわざ聞くことではない。

この状況では、再び鉱脈の採取地としてこの場所が使えるようになるかはわからない。むしろ、使えなくなる可能性の方が高い。

シンたちが見学にやって来たタイミングで、独占状態だった採取地がだめになった。安直ではあるが、この訪問が原因、もしくはきっかけと疑われてもおかしくない。

ファンキーファンキーの事件があったばかりだ。シンたちを招くことに派閥の構成員すべてが賛成していると考えるほど、シンは楽観的ではなかった。

『ティエラ、ユズハ。感じていた気配に変化はないか？』

はっきりいるとまで言ったのだ。何か手がかりになればと、シンは確認のために【心話】で問いかけた。

『おかしいわ。さっきまではっきり感じられていた気配が、今はほとんど感じられなくなっている。消えたわけじゃないけど、集中しないとわからないくらいになってるわ』

『気配が……ユズハはどうだ？』

『気配を抑えてるみたい。私たちが来たことがきっかけなのは間違いと思うけど、アンデッドになってるわけじゃないわね』

『近づいて調べても大丈夫そうか？　俺には魔力が不安定な骨にしか見えないんだ』

シンは続けてシュニーたちにも確認したが、気配を抑えているせいなのか、ティエラやユズハのような感覚はないと返答があった。

危険はないと思うが、もし悪意を持った何かが宿っていてもシンにはわからない。

『私は、悪意や敵意は感じないわ』

『同意見ね。多分、骨になっても生きてた時の意思が宿っているんだと思う。でも、ティエラちゃんの言う通り、あたしたちに害をなそうって意思は感じられない』

『そうか。なら、近づいても大丈夫そうだな』

ティエラとセティの言葉を、シンは【心話】でシュニーたちに伝えた。そして、船体の外に出ていたメンバーで骨に近づく。

念のため武器は出したままだ。アンデッドモンスターならこの時点で戦闘になっているのは間違いないし、攻撃してこようとすれば――ティエラたちのような特別な感覚がなくとも――気づく。

手を伸ばせば触れられる距離まで近づいても、骨に動きはなかった。

シンは手に持つ刀『大海嘯』を鞘に収め、そっと骨に触れる。

(高レベルモンスターにありがちな、普通の骨とは違う感触だな。どのくらい土の中にあったかわからないが、全く劣化している様子がない)

見た目は骨だが、表面は磨かれた鉱石のようにツルツルしている。魔力の影響か、軽く叩くと弱い振動のようなものが周囲に広がった。見た目と触った感触から、ただの骨よりも強度があるのがわかる。

【鑑定】のスキルで詳細を見ると、『神獣《しんじゅう》の頭骨《とうこつ》』という、そのままとしか言えない内容が表示される。スキルで判明したアイテム名に〝神獣の〟とつく上に、見た目も加味すれば、ドラゴンタイプの神獣が元になっているのは間違いない。

素材としてのランクは、色々と見てきたシンからしても、十分上位として通用すると判断できる。わからないのは、神獣の骨なら皆同じような状態になるのかということだ。

この世界で神獣を相手にするのは選定者でも難しい。元プレイヤーが集まればなんとかなる個体もいるだろうが、そもそも滅多にお目にかかれるものではない。倒したなら倒したで、骨を放置するというのも考えにくい。

良い意味でも悪い意味でも、神獣の素材は貴重なのだ。

自然死したか、はたまた他の神獣と戦って敗れたのか。疑問は尽きない。

「せめて元のモンスターの名前がわかればな」

この世界がゲームの影響を受けているだけあって、神獣と呼ばれるモンスターは数多い。とくにドラゴンタイプは人気が出ることもあって、アップデートのたびに追加されていたくらいだ。グッズになったものも多い。

そういう理由もあって、よほど特徴的な部分がないと、骨だけでは元のモンスターの判別ができない。

モンスター名がわかれば多少は予想もつくが、骨から元のモンスターを判別するような技能は、シンにはなかった。

（プレイヤーの中には素材を見ただけで元のモンスターを言い当てる奴もいたけど、あれはもう変態の領域だったからなぁ）

シンはしみじみとそのプレイヤーを思い出した。

当人曰く、微妙に見た目が違うらしい。

ゲーム時代は、素材からモンスターを判別する必要などほとんどなかった。また、同じ名前のアイテムを複数のモンスターがドロップするなどよくあることだった。

素材が必要になったら、有志のまとめた情報サイトでドロップするモンスターを調べればいい。

むしろ、素材の名前も見た目も同じなのに、元のモンスターの見分けがついた奴らはなんだったのかと、今更ながらシンは疑問に思う。

よく扱っていた素材なら、シンもなんとなく違う気がする程度の見分けはできるかもしれないが、骨は専門外だった。

アイテムカード化して、より詳細な情報をメニュー画面から見れば何かわかるかもしれないと、シンはシィマに一言断りを入れてから、カード化を試みる。

すると、突如骨が光りだした。

「全員下がれ！」

シンはスキルで障壁を展開しつつ、海水を蹴って距離をとる。

光っていたのはほんの数秒で、光が収まると同時に骨も消えた。

支えになっていた部分がなくなったことで鉱脈の一部が崩れたが、そんなことを気にしている場合ではない。

「……何か、体に異変が起こっている奴はいるか？」

シンがパーティメンバーに異変がないことを確認すると、シュニー、ミルト、セティからすぐに返事があった。

「とくには、ないですね」

「んー、僕も同じかな。ステータスも異常なし」

「あたしもよ」

続けてシンはシィマに目を向ける。

彼女は自分の腕や下半身に目をやって、変化がないことを確認していた。シンたちのようにメニュー画面がないので、ＨＰやＭＰの変化、状態異常の有無などが一目でわからない。そのため、まずは体の表面に異常がないかを見ているのだろう。

「シィマさん、気分はどうですか？　どこか痛むとか、ぼんやりするとかありませんか？」

シンの見立てでは、シィマは状態異常にはかかっていないし、ＨＰも減った様子はない。

大丈夫だろうとは思っていたが、それでも確認は必要だ。

「自覚できる異常は、ないですね。今のはなんだったんでしょうか」

「カード化する時に発光したのは、俺も初めての経験です。あ、消えた骨って、もしかして……」

まさかと思ってアイテムボックス内を確認すると、一覧の中に『神獣の頭骨』という表示が増えていた。

結局なんだったんだと首を捻っていたシンだったが、別のアイテムの表示が点滅していることに気づいた。

「これは確か、バオムルタンの――」

ゲーム時代、プレイヤー間でも人気があった〝環境保全モンスター〟バオムルタンから手に入れたものだ。

使い道がわからないせいでアイテムボックスの肥やしになっていたが、どうやら役割を果たす時が来たらしい。

『シン、何かありましたか？』

表情から何か察したのだろう。シュニーが【心話】で問いかけた。

『骨とはまた別のアイテムが反応していてな。見た感じ、この場ですぐに何かあるって感じじゃないから、陸に上がってから確認しようと思う』

この場で実体化させて連鎖的に騒動が起こってはたまらない。シンはこの件を保留として、シィマに一旦陸に上がろうと提案する。

「とりあえず、頭骨をカード化することはできました。発光した理由はわかりませんが、手持ちの別のアイテムが反応しているんです。それも含めて上で調査させてもらいたいですし、これ以上は回収するのも危険だと思うので、他の骨は別の日に回収ということでどうでしょうか」

一気にカード化して回収すると、どれだけの空洞ができるかわからない。頭骨の回収だけでも鉱脈の一部が崩れたのだ。より大きな部分の骨を回収したら、そのまま崩壊してしまうかもしれない。

今後もここが鉱脈として使える可能性はなくなったわけではないので、一旦切り上げようとシンは続けた。

「頭骨だけでも一部が崩れていますからね。確かにこれ以上カード化するのは危険でしょう。わかりました。他の部門長たちとも協力して、まずは頭骨を調査しましょうか」

シィマにうなずいて、シンたちはエアロックから船内に戻る。

『ティエラとユズハには、骨が光ったのは見えたか？　その後で、気配に変化があったりしないか？』

船が浮上していくのを待っている間に、シンは気になっていたことを確認する。

ユズハにも話を聞きたいので、外を見ている風を装いながらの【心話】だ。

『あれって、骨が光ってたの？　てっきり、何かスキルを使ったんだと思ってたわ』

ティエラたちからも光は見えたようだが、さすがにカード化する際に光りだしたとは思わなかったようだ。

『骨から感じていた気配が、かなり薄くなってる。その代わり今はシンから、骨から感じていた気配がするのはどうして？』

アイテムボックス内のアイテムが反応しているせいで、シンに気配が移ったと思ったようだ。

ユズハに大丈夫だとうなずいて、シンは説明を始める。

『骨を俺のアイテムボックスに入れているからっていうこともあるだろうけど、多分、理由は別だ。以前、ローメヌンに行った時に、バオムルタンとドゥーギンから宝玉をもらったのを覚えてるか？』

ドゥーギンはバオムルタンと対をなすモンスターであり、同じく大地の汚染を除去する性質を持っている。

『いろんな意味で、なかなか忘れられないわよ』

ティエラとユズハが同時にうなずく。

ドラゴンゾンビのような見た目とおとなしい性格のギャップは、なかなか忘れられるものではないだろう。

『そりゃそうか。で、話の続きだけど。神獣の頭骨をカード化した直後に、バオムルタンたちからもらったアイテムが、アイテムボックスの中で存在を主張しているんだ』

アイテムボックスの一覧を見ると、今もアイテム名が一定間隔で点滅している。

激しく明滅《めいめつ》しているなど、おかしな様子はなかったので、その場で実体化せずに陸に上がろうと決断したのだ。

『ユズハの言う気配が俺からするっていうのは、多分こっちだろうな。点滅しだしたタイミングが完璧すぎる。骨に宿っていた気配というか力というかが、宝玉に移ったんじゃないかと思う』

シンが状態を説明すると、ユズハもそちらに気配の主が移ったのだろうという予想に同意した。

違ったら違ったで、また調べればいい。

『あっちの骨は残しておいて大丈夫だと思うか？　シィマさんにも説明した通り、アイテムボックスに入れるにはちょっと危ないと思うんだ』

気配の主はシンのアイテムボックス内に移ったようなものなので、残った骨はただの素材。もっとも、そう考えるには大きさも骨自体の貴重さもそこらの素材とはレベルが違うが。

『空いた空間を土術で埋めてもいいけど、土地そのものが地脈の影響を受けているみたいだから、やめておいた方がいいわ。シンの魔力と反応して、予想しない結果になるかもしれない』

『やっぱりそう思うか。地面の方も、ただの土とは言えないからなぁ』

長らく地脈と神獣の骨という、揃うこと自体珍しいものの影響を受けた土地。さすがのユズハも、何が起こるか予想できないようだ。

『一応、モンスターが近づいたらわかるようにしておくか』

何もしないのも不安なので、シンはモンスターの接近を使用者に知らせるスキル【サイレント・ウィスパー】を骨から少し離れた場所に複数設置する。

本来ならもっと近くに設置した方がいいのだが、あまり近づけすぎて魔力が干渉しても困るので、その位置にした。

†

シンたちが陸に上がると、先に戻った作業員から連絡を受けたのだろう、馬に乗った一団がローブを風になびかせながら近づいてくるところだった。

一団の中には生産部門長のユラもいる。

「鉱脈の中から巨大な骨が出てきたと聞いたが、本当なのか？」

ユラの確認に、シィマが首肯《しゅこう》する。

「間違いないわ。現物をシン殿に回収してもらったから。今、何番の倉庫が空いてたかしら？　できれば隔離倉庫《かくりそうこ》がいいんだけど」

「隔離倉庫なら、今は三番が空いているはずだ。確認と各部署への連絡はこちらでしておくから、すぐに向かうといい」

「助かるわ」

同じ部門長だけあって話が早い。

シンたちがシィマとともに馬車に乗ると、すぐに移動が始まった。少し遅れてユラたちの気配もついてくる。

隔離倉庫とは、周囲に悪影響が出そうな実験をする際に使う特別な場所なのだという。武具部門でも爆発や新型の炉の試験などをしていたが、こちらはより危険なもの、とくに建物の頑強さだけでは防げない部類の実験をするための施設らしい。加工時にガスが発生する素材の実験や、揮発性の強い毒を持つ素材を使用した時などに、ここが使われるとシィマは言う。

「なるほど、確かに製造方法が特殊なアイテムは、周りの人間を危険にさらすことがありますからね」

シンの持つ月の祠の鍛冶場には、そういった周囲に影響を及ぼす可能性のある効果を鍛冶場の外に漏らさないようにする機能がある。

また、鍛冶場内の人の安全を確保するために、空気清浄機のような機能もあった。

ただ、今回はそれを使う提案はしない。骨が大きすぎて、鍛冶場内に入りきらないからだ。

素材が大きすぎる場合は担当ギルドハウスである『一式怪工房デミエデン』で作業していた。

移動を始めて二十分ほどで、一行は目的の場所に到着する。

隔離倉庫はかまぼこ型のシンプルな外観をしていた。

「中は見た目ほど広くはありませんが、それでも先ほどの骨を出すには十分なスペースがあります」

シィマに続いて、シンたちも倉庫内へ足を踏み入れる。ユラも追いつき、ともに倉庫内へ入った。

魔鋼鉄をはじめとした特殊な金属をふんだんに使った施設は、耐久値という点では黒の派閥の拠点で見てきたどの建物よりも優秀だった。扉も、潜水艦のハッチのようなハンドルを回して開くタイプのものである。

全員が倉庫に入ると、扉がひとりでに閉まって、ガコンと何かのギミックが起動する音が聞こえた。

これで、シィマの持つ特別な鍵がないと外には出られないらしい。人の手で閉めるタイプだと、うっかり忘れることもある。そういったミスをなくすための工夫だ。

事前に聞いていたので、シンたちはとくに驚きはしなかった。

「準備をした後に、倉庫の中央にお願いします」

「了解です」

シィマの言葉にうなずき、しばし待つ。

水中では異常はなかったが、環境が変わると状態異常系の物質の散布が始まる素材もある。

シィマたちはそれを警戒しているようで、黒の派閥特製の防護服に着替えていた。

シンたちは状態異常無効の装備があるので着替えの必要はない。ただ、念のため、シン以外は距離をとっていてもらうことにした。

準備が完了したのを確認して、シンは倉庫の中央まで進む。アイテムボックスから頭骨のカードを取り出し、具現化した。もう一つのアイテムは、ひとまずお預けだ。

具現化した頭骨は音もなく倉庫の中央に鎮座している。これといって、何か害のあるものを放出している様子はない。ただ、素材の質と大きさから、無害な骨とわかっていても威圧感を放っているように感じられる。

「毒物反応なし、呪いの反応もなし、アンデッドの反応もなし。神性の魔力反応あり。やはり神獣の骨で間違いないようですね。シン殿は何か感じますか?」

ユラは40セメルほどの棒状のアイテムを骨に向けながら反応を見ていた。

シンの記憶にはないものだが、作業の様子を見るに毒物などを検出するアイテムなのだろう。

「害のあるものが放出されている感覚はありません。ところで、神性の魔力というのはなんですか?」

シンはユラに返答しながら、聞きなれない単語について尋ねる。

なんとなく意味はわかるが、念のためだ。

「神獣やそれに類するモンスター、またはその素材が纏っている魔力には、属性や、我々の使う魔力とは別の魔力が宿っていることがあります。それを我々は神性の魔力と呼んでいます。素材の中には魔力を纏っているものが多々ありますが、神獣関連の素材は普通の魔力とは違うものを含んでいるのです。我々もすべてを理解しているわけではありません。我々の手では解析できない未知の魔力を、便宜上そう呼んでいるにすぎません」

「普通とは違う魔力ですか。それはおそらく、『神力《しんりょく》』ですね。神獣の中でも特別な個体が身につける力です。普通の神獣……って言うとちょっと語弊《ごへい》がありますが、特別な個体でなくても、その素材に神獣の魔力が凝縮《ぎょうしゅく》されることで神力を纏った状態になる――こともあるそうです。師匠の受け売りですけど」

つい解説してしまってから、まずいと思って、シンは咄嗟《とっさ》に誤魔化した。

ゲームでも、特別なイベントモンスターや低確率で出現するボスモンスターなどが使用していたのが神力だ。

基本は、神獣かつレアな個体だけがに備わる特殊能力。使ってくる個体はかなり少なく、シンもこの世界に来てから見た覚えはない。

ドロップ品に限れば、通常個体の神獣からも神力の宿ったアイテムが出現することはある。なかなか出回らないので、シンも扱ったことは少ない。

「あの場所にあったにしては、宿っている魔力が少ないですね。シィマ、何があったか詳しく話してくれないか？　作業班からの報告は聞いているが、念のため、最初からお願いしたい」

「わかりました」

ユラに問われ、シィマは鉱脈の様子や、骨に触れた際の発光現象など、順を追って説明した。

話を聞き終わると、ユラは眉根を寄せて考え込む。

「鉱脈は地脈の影響だと思っていたが、神獣の方だったのか？　いや、今までも今回も、採取したものに特殊な反応はなかった。そうなると――」

ちらりと、ユラの視線がシンに向く。

彼女がそう思うのはもっともだ。

タイミングが良すぎて、シン自身も無関係とは言い切れなかった。

「一応、俺自身は何もしてないとは言っておきます」

「何か含みのある言い方に聞こえるが？」

隠しておくのも問題だろうと、シンは、バオムルタンたちからもらったアイテムについて伝えておくことにした。

情報はなるべく早く伝えた方が変な疑いをもたれないだろうという判断だ。

「持っていたアイテムが、反応したようなんです。これなんですが……」

念のため離れてもらってから、バオムルタンとドゥーギンからもらった宝玉を、それぞれカード状態で取り出す。

いきなり具現化して何かあっても困るという考えだったが、それらのカードは、シンの手の中でひとりでに重なり合い、一枚のカードになってしまった。

突然の出来事に、周りの面々も困惑気味だ。

「……これは一体」

「……アイテムボックスから取り出しただけなんですが」

思わず漏れてしまったのだろうユラの発言に、シンは言葉だけでも無実を訴えた。

『シンさん、本当に何もしてないの？』

『しとらんわ！　アイテムボックスから出したら勝手に合体したんだよ……』

【心話】で確認してきたミルトにはっきり否と返してから、シンはどうしたものかと頭を抱える。

合体するなら、せめてアイテムボックスの中で合体していてくれと文句を言いたくなった。

「とりあえず、具現化してみても?」

「そうですね。もともとその予定でしたから」

このまま困惑し続けるわけにもいかない。シンが問うと、ユラは隣にいたシィマと視線を交して
うなずき合った。

「では、具現化します」

他のカードの時と変わりなく、台の上にアイテムが出現した。

それは見た目が鳥の卵に似た楕円形の球体だった。

具現化して時間が経っても、台の上でわずかに浮いている。大きさは60セメルはあるだろう。

バオムルタンとドゥーギンは関係性の深い間柄《あいだがら》。もらったアイテムにも、それらの関係性が引
き継がれていたのだろうかと、シンは思った。

ただ、なぜそれらが合体したのかは謎のままだ。

「卵だろうか」

「そう、見えますね」

見た目が卵っぽいなとシンが思っていると、ユラとシィマも同じ感想を口にした。

表面は青と黄色のまだら模様。光沢があるように見える。

「毒物反応はありません。ですが、シン殿の言う神力ですか、それはかなりのものだと思います。我々の持つ測定器の神性の魔力を計るメーターが振り切れました」

「見てもいいですか？　……これはすごいな」

シィマの言葉に、ユラが測定器を一旦卵から離し、また近づける。メーターは針が右から左に動くタイプで、卵に近づけると針が一気に動いて左の端にくっついたまま止まる。シンもメーターに目をやっていたが、直接接触させなくても振り切れていた。

「さて、どうしますかね」

「ふと気になったんだが、元になったアイテムはどんなものだったか聞いてもいいかな？」

「大丈夫です。ただ、そっちも用途がわかっていたわけじゃないんですが」

具現化したアイテムは一旦置いておいて、シンは元になったアイテムを入手した経緯をユラたちに説明した。

「神獣から託《たく》されたアイテムか。それだけでもすごいことだが、それらが合体するとは」

「あの骨に触った直後に変化があったので、関係があるのは間違いないと思うんですよね。こう、気配のようなものが移った気もしましたし」

ユズハの言っていた気配が移ったという話を、感覚的なニュアンスで伝えておく。

「気配か。我々の集めてきた情報の中には、神獣は死んでも復活するというものがある。あれはもしや、そういうことなのだろうか」

「可能性は否定できませんね」

シンは、ゲーム時代に実際に卵から神獣の幼体が生まれるところを見ているし、そこから派生した神獣を育てるというイベントもこなしたことがある。

状況を考えれば、台の上で浮いている物体が、本当に神獣の卵である可能性は十分あった。

「とりあえず危険はなさそうですけど、この状態で中身を調べることってできます?」

ダメもとで聞いてみる。シンの持つ視覚に作用するスキルでも、中身は見られなかった。

【分析《アナライズ》】や【鑑定】のスキルは作用しているものの、文字化けしていて正確な情報を読み取れない。

「そういう機材もなくはないが、ある程度、振動や魔力を通す必要がある。これを卵だと仮定すると、中身にどんな影響があるかわからない。調べたいのはやまやまだが、不確定な手段はとりたくないな」

本当に神獣の卵だとすれば、貴重なサンプルであると同時に、かけがえのない命でもある。下手なことはできないと、ユラは眉間《みけん》にしわを寄せながら言った。

「そうなると、あとは卵が孵《かえ》るのを待つしかないですかね」

「とはいえ、卵というのもあくまで仮定の話だからね。そもそも孵るにしても、どのくらい時間がかかるのかわか――」

わからない。ユラがそう言おうとした矢先、まるで応えるかのごとく「ドクン」と、その場にいる全員にわかるほどはっきりした鼓動《こどう》が響いた。

「早速なのか。ユラさんとシィマさんは念のためシュバイドの後ろに」

鼓動とともに、神力が周囲に放たれていた。

ダメージのあるものではなかったが、魔力とはまた違った圧がある。

シュバイドとシンが前に出て、アイテムボックスから盾を取り出して構えた。

卵から聞こえる鼓動が段々と大きくなり、同時に、放たれる神力も圧を増してきたのを感じたからだ。

「さて、何が出てくるやら」

やがて、鼓動が消え、卵が光りだした。

規則的に明滅するそれから放たれる神力が、シンの肌にビリビリと刺激を与えてきた。

盾を構えてから、時間にして五分ほど。

何かが割れるような音が、シンの耳に確かに聞こえた。

全員の視線が、卵に集まる。表面に、ひびが入っていた。

ピシッという音が断続的に響き、ひびが広がっていく。どこかが割れるということもなく、亀裂が卵全体に広がったところで、小さな破裂音とともに卵が砕けた。

パラパラと殻《から》が台の上に落ちる。

同時に、卵の中身が姿を現した。

骨から移った気配の影響か、それとも元になったアイテムを渡してきた相手がドラゴンの系譜《けいふ》だ

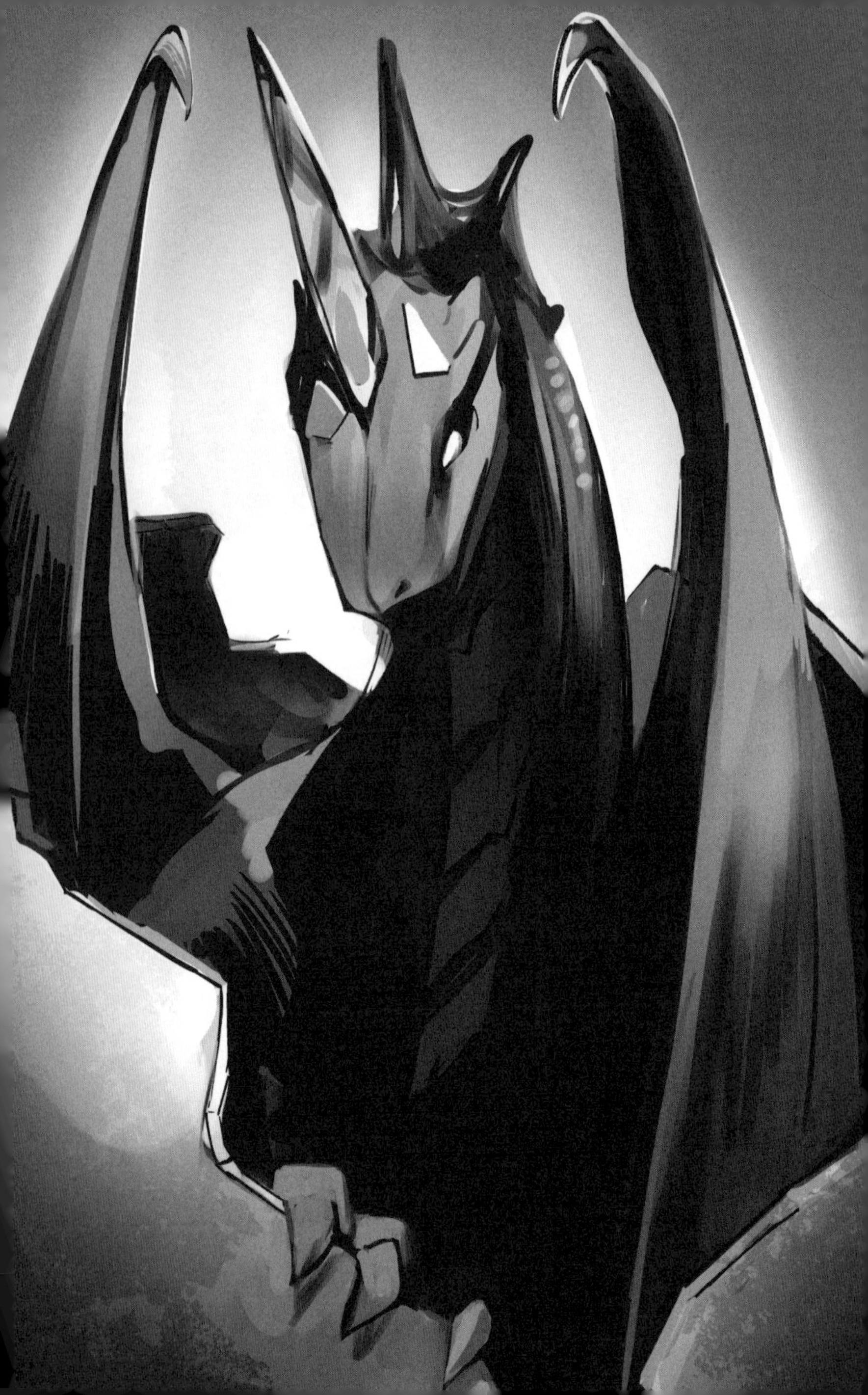

からか。卵の中身もまた、ドラゴンだった。

「ドラゴン・ベビーか?」

「いや、【分析《アナライズ》】がうまく機能してない。普通のモンスターじゃないだろうな」

シュバイドが口にしたドラゴン・ベビーは、イベントで出現する生まれたばかりのドラゴンの幼体を指す。

イベント内容によって何に成長するかが決まり、最終的にはアイテムを残して去っていくものが多かった。

しかし【分析《アナライズ》】では、名前もレベルも意味不明な文字の羅列《られつ》が表示されている。ドラゴン・ベビーならそう表示されるはずなので、違う存在なのは間違いない。

胴から伸びる長めの首と四肢、背中の一対の翼。見た目は西洋のドラゴンに近い。

爪や鱗といった、生まれたばかりなら柔らかいであろう部分も、シンの見る限り、すでに硬質化しているように見える。

幼体というよりは、成体のドラゴンをそのまま小さくしたような見た目だ。

特徴としては鱗が青く、額から伸びる一本の角は青白く透き通っている。全体的に丸みを帯びており、攻撃的なパーツが角と爪くらいしかない。

尻尾は先端に向かって細くなっているが、細さを補うように半透明のひれのようなものがついている。なんとなく、泳ぐことに重きを置いているようなフォルムだ。

シンたちがドラゴンを観察しているのと同様に、ドラゴンの方も金色に輝く瞳をシンたちに向けてくる。騒ぎ出す様子はなく、静かに視線を向けている姿はこちらの世界に来てから出会った知性のあるモンスターたちを連想させた。

『いきなり攻撃してくるってことはなさそうか？　見た感じ、ユズハみたいな対話可能なモンスターと同じ気配がするんだが』

『ユズハは何かわかりますか？』

『多分大丈夫。ちょっといってくるわ』

シンとシュニーに【心話】でそう返すと、ユズハはドラゴンへ近づいていく。

状況が状況だけに、中身は大人モードだ。

シンは、いざという時はユズハとドラゴンの間に障壁を展開できるように準備した。ちらりと隣に目をやれば、シュバイドも同じ考えだったらしく小さくうなずいている。

「私のこと、覚えてる？」

台の下まで近づいて止まり、首を斜めに傾けながらユズハが言った。

シュバイドの背後でユラたちが「え？」と漏らしたのが聞こえた。

シンたちはユズハで慣れているが、普通はモンスターが人の言葉をしゃべることはないので、驚くのも当然だ。

しゃべるモンスターはいるし、その情報が残っていて、知識として知っている可能性もあるが、普通の人がそれを実際に目にすると、ユラたちのような反応になるだろう。

「うむ、お互いずいぶんと小さくなったな」

知り合いなのかとシンが思っていると、低く重みのある男性の声でドラゴンが応えた。知性があるのではと予想していたが、中身が幼くなっているというわけではないようだ。言葉づかいも流暢《りゅうちょう》で、内容からしてドラゴンの方もユズハに覚えがあるらしい。

「後ろの人種《ひとしゅ》はうぬの眷属《けんぞく》――というわけではないようだが」

近づいたユズハに向いていた視線がシンたちに戻る。

モンスターとしてのエレメントテイルは一部のモンスターを眷属として従えていたので、それを言っているのだろう。

「相棒と、その仲間たちよ」

「相棒？　……まさか従属の契約をしたのか。人には荷が重かろうに」

ユズハの答えを聞き、ドラゴンの眉間らしき場所にしわが寄る。感情が顔に出るタイプのようだ。

〝人には荷が重い〟とは、リクスがあるという意味だろうかと、シンは首を捻った。

しかし、シンはユズハと契約してから、これといって不調や違和感を覚えたことはない。

ユズハも弱っていた頃ならいざ知らず、今はかなり力を取り戻している。知識も戻っているという話だったので、シンはユズハが自分に不利益があることを黙っているとは思えなかった。

「大丈夫よ。あなたなら、よく見ればわかるでしょ」

「ふむ？」

ドラゴンの視線が再びシンたちに――というより、シンに向けられた。相棒が誰とは言っていないが、わかるらしい。

「上位種だとしても、これは……本当に人か？」

「人ですけど」

モンスターに人かどうか疑われるという珍事に、黙って見守るつもりだったシンは、つい思ったことを口にしてしまった。

実際のところ、ステータスという、わかりやすく人外扱いされてもおかしくない要素があるので、あまり強く反論はできないのだが。

「いや、すまぬな。気配や魔力が人のものとは違うように感じたのだ。お主の影響ではないのか？」

シンの言葉に反応してから、ドラゴンはすぐにユズハへと意識を向ける。

「違うわ。ああなるだけの理由があるの。それより、あなたがなんでそんな姿なのか、説明してほしいんだけど？」

「む、そうだな。顔見知りに会えて少々気が緩んでしまったようだ。まずはこちらの事情を話すのが先か。確認したいのだが、お主の相棒以外はどういった立場なのだ？　助けてもらった身ですまぬが、あまり多くの者に聞かせられる内容ではないのだ」

ドラゴンは申し訳なさそうに身をすくめている。

骨の状態やアイテムへの干渉など、いかにも事情がありますという状況から、軽々しく口外できる内容ではないことは、シンたちも察していた。

幸《さいわ》いにも、同席しているユラとシィマはこの場所でもトップの立場だ。改めて話し合いの場を設けるのは容易だった。

幹部クラスだけで話し合いをする時に使う特別な部屋があるそうなので、各部門の代表を緊急招集して話をすることになった。

もともと鉱石の採取でトラブルが起きた件は通達されていたので、すでにそれぞれ移動のための準備をしており、あまり時間をかけずに集合できそうだ。

その特別な部屋は島の中央にあるらしい。

移動は倉庫に来る時に乗ってきた馬車を使う。

ドラゴンも同乗するが、さすがに馬車内が狭くなるので、シィマはユラと一緒に別で移動することになった。ユズハとドラゴンが知り合いだったのと、いざという時はシンたちが抑えると伝えた結果だろう。

馬車の中で、シンは改めてドラゴンに声をかける。

「とりあえず、俺たちだけでも先に自己紹介しておこうと思うんですが、いいですか?」

「確かに、相手の名も知らぬとあっては腹を割った話もできぬ。では、まずは我が名乗ろう。我が名はアルマイズ。このような体では信じてもらえぬかもしれんが、一応は神獣と呼ばれる身だ」

「……まじか」

「まじ？」

「あ、いや申し訳ない。今のは独り言なんだ。驚いて、つい口に出してしまっただけで」

おそらく神獣だろうと考えていたところに思わぬ情報を与えられて、シンは内心戸惑っていた。

神獣アルマイズ。デスゲーム前の最新のアップデートで追加されたモンスターとして、名前だけはシンも知っていた。

目撃情報が一切上がらず、どこにいるのか、どんな姿なのか、全くわからないことで一時期有名になっていたのを、名前を聞いたのをきっかけに思い出したのだ。

「お主はそやつの契約者であろう。ならば話しやすいように話せ。神獣の契約者であるならば、それも許される」

アルマイズに促され、シンは口調を砕けたものにした。

「そう、か？　なら、遠慮はしない。俺はシン。このエレメントテイル――今はユズハだな、その相棒だ。神獣アルマイズの名前だけは聞いたことがあったけど、実際にお目にかかれるとは思っていなくて、少し驚いている」

「我の名を？　人と関わったことはないはずだが」

特殊な状態ではあるが、記憶に欠落はないはずと、アルマイズは首を傾げる。

「あー、小耳に挟んだのを覚えていただけなんだ。こうして名前を聞くまで忘れていたくらいだしな。それより、他のメンバーの紹介をさせてほしい」

ゲームの攻略サイトや掲示板で話題になっていたとは言えないので、あくまでそんな噂《うわさ》を聞いたことがあっただけという態度で話を進める。

あまり関心がなくて、名前しか知らなかったのは本当なのだ。

自己紹介を終えると、改めてユズハが口を開く。

「それで、なんであんなところで骨になってたの？」

「そうだな。過去に地形が変わるほどの地震があったのを覚えているか？」

アルマイズが言っているのは、栄華の落日があった日のことだろう。地形が変わるほどとなると、それくらいしかない。

「もちろん。地脈に干渉して被害を抑えようとして、危うく死にかけたわ」

「お主もか、我も同じだ。もともと、地脈に異常がないか監視するのが我の役目。あの時もお主同様、地脈に干渉していた。その際に、モンスターの大群が海底から上がってきてな。戦いの詳細は省《はぶ》くが、最後に大群の主と相打ちになった」

そう話すアルマイズは、悔しげな表情を隠さない。

ユズハによると、地脈に干渉するとステータス上昇などの恩恵が受けられるが、同時に負担も大きいらしい。数に物を言わせた相手に対し、アルマイズはかなり不利な状況での戦闘を強《し》いられ、不覚にも相打ちとなったのだろう。

海底からモンスターが上がってくると聞いたシンは、嫌な予感を覚えていた。ゲーム時代のイベントで似たようなものに心当たりがあるのだ。

「どんなモンスターだったんだ？　なるべく詳しく聞きたい」

「モンスターどもの名前はわからん。だが、姿は覚えている」

シンはアルマイズの話を聞きながら、それらしい姿を脳裏に思い描く。

モンスターは三種類いて、一番数が多かったのが、細い帯を巻き付けた人の上半身と帯を細長い籠《かご》のように編《あ》んだ下半身を持つモンスター。

次に数が多かったのが、石を削って作ったような四足獣型のモンスター。数と戦闘力から、人形を率いた小隊長のような立ち位置だろうとアルマイズは言う。

そして、一体だけいたのが、剣のような鱗を持つワームで、左右に割れる口と四つの目を持つ大型モンスターだ。アルマイズはこれと相打ちになったそうだ。

「本来なら、死した我はまた別の個として復活するのだが、異常をきたした地脈に干渉していたせいか、そのまま地脈に囚われてしまってな。おかげで、今までずっと動けずにいた」

「今までずっと!?」

五百年以上骨の状態で動けなかったらしい。ユズハの時と違って瘴気による悪影響はなかったようで、ぼんやりしながらも意識はあったという。

とはいえ、体は完全に朽《く》ちてしまっていたので、自分ではどうにもできなかったそうだ。

そこに現れたのが、シンだった。

バオムルタンとドゥーギンがこれを知っていたのかはわからないが、どうやらシンに託されたアイテムは、囚われた魂《たましい》を解放する効果があったらしい。

また気づかぬうちに導かれたのかと思ったシンだったが、今回は必然もあるかと考え直す。

シンが鍛冶の技術を発展させようとしている組織に興味を持たないはずもなく、可能なら行ってみたいと思うのは、とくにおかしなことではない。

アルマイズ曰く、あの距離に近づかなくとも近くにいるだけで反応したのは間違いないらしい。

シンが鉱石の採取現場に行った影響は、こうして会話する時期が多少早まったくらいの差だと断言された。

「我のことよりも、今はモンスターのことだ。お主、何か知っているようだが？」

「実物を見ていないから断言はできない。でも、多分知っている奴らで間違いないと思う」

レイドという、【THE NEW GATE】のイベントの中でもかなり特殊なイベントで出現したモンスターの外見と、アルマイズからもたらされた情報が一致する。

このレイドでは、プレイヤーの体感時間が引き伸ばされており、現実では短期間であっても、ゲーム内では長期間になる。

「昔あったイベ……いや、事件って言った方が伝わるかな。海で散ったモンスターの怨念《おんねん》が、深い水底で形を得て地上に出てくるっていうことがあったんだ。とにかくモンスターの数が多くて、対抗する側も、組織の枠を超えて多くの人たちが協力したおかげで撃退できた。その時に出てきたモンスターは三種類。最初に来るのが、ヘビンってモンスターだ」

正式名称は『湧《わ》き出《で》るもの』ヘビン。

レベルは100～200程度で、戦って倒すだけなら転生ボーナスなしのプレイヤーでも、レベルを上げて装備を整えれば可能だ。

直立状態で3メルほどとサイズは大きいが、動きは遅く、単体ならばそれほど脅威ではない。ただし、闇術系のスキルやデバフを与えてくるスキルを使用してくるので、油断はできない。

そして一番警戒しなければいけないのは、倒した際に、一定以上のステータスがないと防御不能の固定ダメージを与えてくる能力を持っていること。この要求値は、ダメージを受けたプレイヤーのステータスから逆算される。

レベルの割に要求値が高く、広範囲攻撃でまとめて処理した直後に攻撃したプレイヤーが固定ダメージの連打を受けて死亡したのを、シンは見たことがある。

「四足歩行のやつは、コーパス。こいつは数が少ないけど、でかくて手数が多い」

正式名称は『彷徨《さまよ》うもの』コーパス。

レベル帯は300～600と振れ幅が大きい。様々な色の結晶の塊を雑に削って四足獣の形にしたような見た目をしている。

人が近づくと、プレイヤーからは『枝《えだ》』と呼ばれていた、全身から結晶を伸ばす攻撃をしてくる。

アルマイズは小隊長のような立ち位置だろうと予想していたが、実際には配下を統率する能力はなかったとシンは記憶している。あくまで同時に発生する強力な個体というところだ。

厄介なのは、他の個体を仲間と認識していないのか、プレイヤーを狙う際に躊躇《ちゅうちょ》なくヘビンや別個体のコーパスも巻き込むこと。プレイヤーがヘビンを相手にしている時に、ヘビンの背後から枝を伸ばして串刺し、その先にいるプレイヤーも貫《つらぬ》いた、などという例は珍しくなかった。

「最後のは、いわゆるボスモンスターだ。名前はヌヴァ」

正式名称は『貪《むさぼ》るもの』ヌヴァ。

イベントは結局一度きりだったので詳しい数値をシンは覚えていないが、レベルが700より上だったのは間違いない。

その姿はコーパス以上にデカく、長い。シンが戦った時は海上に体が出ていたが、見える部分だけでも5メル以上あった。

体はワームのような円柱形で曲刀の刀身部分に似た鱗がびっしりと生えている。顔はウツボの顔を凶悪にしてから目を四つにし、口を左右に開く形にすればヌヴァの全体像がイメージできる。

デカすぎるせいで噛《か》みつき攻撃はそのままプレイヤーを呑み込む上、口腔《こうこう》にも硬い刃のような歯が生え揃っているという、ゲームだからこその構造。

呑み込まれたらひたすら削られて死ぬ、タンク役泣かせのモンスターだ。

デカくて動きが速くてタフ。基本的にはそれだけで、特殊な攻撃などは一切ない代わりに、とてつもなく厄介な能力を一つ持っている。それが、〝ヌヴァが生きている限りヘビンとコーパスが無限に湧き続ける〟というものだ。

ヌヴァを倒すとヘビンとコーパスは消える。もちろん、それがわかったのは、ヌヴァを倒してイベントをクリアしてから。海一面を埋め尽くすヘビンとコーパスをひたすら倒し続けたプレイヤーから、過酷すぎると不満が続出したのは当然のことだった。

いくらイベントの仕様で、現実でわずかな時間しか経っていないとしても、体感時間が短くなるわけではない。プレイヤー視点では数日間、ただひたすらモンスターを倒し続ける——ただそれだけのイベントになってしまったのだ。

自分の体のようにアバターを動かすタイプのゲームで、同じ敵を相手にいつ終わるともしれない戦闘を続けるのは、面白さよりもストレスの方が大きかった。

このイベントの内容が不評だったのは言うまでもない。

告知段階では、一定期間モンスターの群れから大陸を守れという内容だけが伝えられて、詳しい条件はイベント開始後に発表された。シンたちはプレイヤーと協力してヌヴァを倒し、ゲーム時間上は三日でイベントを終わらせた。イベント後に伝えられた別のクリア条件には〝六日間生き残る〟というものがあり、仮にヌヴァを倒せずとも、生き残りさえすれば最低限のクリア条件は満たせたようだ。その場合は報酬が数ランク下がるとも書かれていたが。

後日追加されたイベントの詳しいストーリー内容には、ヌヴァが溜め込んだ海を漂う怨嗟《えんさ》は六日で底をつき、溜め込んだものを解放し終わったヌヴァは、そのまま消えるとあった。

設定的には、ヌヴァもまたバオムルタンやドゥーギンと同じ、世界という大きな舞台の環境を整える役割を持っているのだろう。代償として、プレイヤーたちが防衛しないと海岸沿いの町や村に大変な被害が出るのは、もう少しどうにかしてほしかったが。

『この世界じゃ、運営に文句言うわけにもいかないしな』

シンはそう独りごちる。

イベント名は「泥濘《でいねい》の漂流物《ひょうりゅうぶつ》」――襲い来るモンスターの規模という点では、【THE NEW GATE】でも一、二を争うほどの大規模戦闘イベントだった。

シンの脳裏に浮かぶのは、月明かりに照らされた海を覆うヘビンとコーパスの大群。

ヘビンとコーパスは、水中から浮上して海面を浮かびながら進んでくるのが基本行動だ。ボロボロの布で全身を覆われたようなヘビンと、素人《しろうと》が適当に結晶を削って四足獣をかたどったみたいなコーパス。夜の海で波に合わせて揺れながら無音で近づいてくる光景は、たとえどちらか単独でも下手なホラーゲームよりも不気味で恐ろしかった。

「というか、あれを相手にしたのか？　単独で？」

ヘビンとコーパスはヌヴァのいる水中でポップする。海上に上がるまでは動きが鈍いのもわかっているが、それでも数は尋常《じんじょう》ではなかったはずだ。そこにヌヴァも足した状態で、相打ちまで持っていけるというのは、尋常な強さではない。

「当時は地脈に干渉していた影響か、能力が底上げされていてな。そうでなければ、相打ちどころか一方的に蹂躙《じゅうりん》されていただろう。ただ、そうだな。モンスターたちの主、ヌヴァといったか。奴の方も苦しんでいるような素振《そぶ》りを見せていた。数こそ多かったが、他のモンスターも動きに精彩《せいさい》を欠いていたのを覚えている。向こうは向こうで、何かあったのだろう」

実のところ、栄華の落日はその実態がほとんどわかっていない。

大規模な地殻変動の他にどんな現象が起きていたのか、当時を生きていた者たちですら把握できていなかった。

アルマイズの話を聞くと、地脈に干渉したモンスターだけでなく、バオムルタンやドゥーギンのような世界の調和を整えるモンスターにも影響が出ていた可能性は高い。シンたちが知らないだけで、他にも影響を受けたモンスターがいてもおかしくはなかった。

当時、地脈によるステータス上昇効果は凄まじく、アルマイズ自身も驚くほどの力を発揮できたという。だが、反動もしくは代償というべきか——地脈に干渉しすぎたアルマイズは、戦闘後に地脈にとらわれることになった。

「これが我があの場に縛られていた経緯だ。あの時水底から湧いてでてきたモンスターの数は尋常ではなかった。おそらく千はくだらなかったはずだ。大半は粉々にして海の藻屑《もくず》にしてやったが、ヌヴァは完全には倒せなかった」

お互い致命傷と言えるダメージは与えたものの、アルマイズは地脈に囚われ、ヌヴァは果ての見えない海底に沈んでいった。そして、戦闘の影響か、ヌヴァの存在を感じられるようになっていたという。

「戦ってわかったが、あれももともとは我らと似た存在だ。あの地震で世界中の海が本来の流れとは違う撹拌のされ方をしたからか、ヌヴァが復活せざるを得ない状況になったのだろう。我の予想ではあるが、自浄作用で賄《まかな》いきれなかった穢《けが》れを消費するのが、ヌヴァの役割のはず。シンが戦った際に設けられていた制限時間というのは、形を持った穢れが大気に溶けて薄まるまでの時間ではないかと思う。とはいえだ。倒さねばモンスターが消えるまでに大地が蹂躙される。それを放ってはおけん」

アルマイズの感覚では、現在のヌヴァの回復度合いは五ないしは六割ほど。あくまでヌヴァの回復度合いなので、ヘビンとコーパスがどのくらい出現するのかはわからないようだ。ヌヴァが回復しきっていなくても、それ以外の数が減らないなら、シンたちでも取りこぼしが出るだろう。

どうやらヌヴァの方もアルマイズを感知しているらしい。アルマイズはそれが感覚でわかるらしく、自分に何かあったのを察知して、奴も動き出しているだろうと言う。全く何もしないということはない、と断言した。

ただ、骨の方を狙うか、小竜となった方を狙うかはアルマイズにもわからないようだ。

少なくとも、このままではパルダ島が被害を受けるのは間違いない。周囲に上陸できるような陸地がないおかげで、被害が広がる可能性がないと喜ぶべきか、援軍が見込めないと嘆くべきかは判

断に困るところだ
「俺の知っている事件通りだと、俺たちだけで対処するのは無理だぞ」

ゲーム内のイベントだからこそ、プレイヤーにとっては苦行の一言で片付けられるものだったが、今の世界では未曾有《みぞう》の災害になるだろう。発生地点次第では、聖地の近くで発生するモンスターの『大氾濫《だいはんらん》』より酷いものになるという確信がシンにはある。とにかく数で対抗するしかない。

単純な戦闘力ではシンたちの方が上。しかし理由は不明だが、ヘビンやコーパスの中にはプレイヤーを無視して陸地へ進む個体も多くいた。いくらシンたちでも、広く展開した大型モンスターを残さず押し止めるのは至難《しなん》の業《わざ》だ。

ゲーム時代は、体感時間の伸長という【THE NEW GATE】では初の試みがなされたこともあって、多くの上位プレイヤーが参加していた。その時でさえ、ヌヴァを倒すまでに少なくない被害が出ている。

そういった強力な存在が少ない今の世界で、同じ規模の襲撃があったらどうなるか。もはや考えるまでもない。すぐにでも動かなければならないだろう。

「事情を説明したら、すぐにここを離れた方がいいか」

「対処なら問題ない。我が囮《おとり》になればいいだけの話だ」

この事態にどう対処するか考えていたシンに、アルマイズは興奮することも悲観することもない、淡々とした口調で言った。

「奴は我を狙っている。前回の戦いの決着をつけたがっているのだ」

なぜわかるのかと問われても説明はできないと、アルマイズは続けた。本来のものとは違う復活を遂げたからか、相打ちになったことが理由か。少なくとも、ヌヴァが自分を無視して大陸に向かうということはないと、アルマイズは断言した。ただし、そう言い切れるのはヌヴァに関してのみ。ヘビンとコーパスがどこを狙うかは、蓋《ふた》を開けてみるまでわからない。

そもそも、ゲーム時代のように時間経過で消滅する保証はないのだ。

海の上は動きを制限するような障害物はなく、しかも時間制限がないなら、いずれ大陸にたどり着くのは明白だ。ヘビンとコーパスがアルマイズを無視してパルダ島を狙ってくることもあり得るので、決して安心はできない。

「ヌヴァと一緒に来る可能性を考えれば、まずはこの拠点を骨が埋まっているところから離すのが先決か。でも、骨を狙わなかったらどうする。その状態で戦えるのか？」

「今はまだ力が馴染んでいない。だが、数日あれば七、八割程度には回復するだろう。もともとの素材が神獣の力の結晶なのだ。相性は悪くない」

「能力的には上回れるのか？　それに、一度は相打ちになった相手だ。取り巻きありじゃ、勝ち目がないんじゃないか？」

いくら強大な力を持つ神獣といえども、その力は無限ではない。

アルマイズの体感上、回復度合いはこちらが上のようだが、不完全なことには違いない。今は地脈のブーストはないのだ。そんな状態でモンスターの大群と戦うのは無謀《むぼう》だと、シンははっきり口にした。

「むぅ……それは、そうだな。我の意地でいらぬ犠牲を増やすのは、ただの愚行《ぐこう》か。すまぬが、我に力を貸してほしい。奴もまた苦しんでいる。できるならば、安らかに眠らせてやりたい」

出かけた反論を呑み込み、アルマイズはシンたちに頭を下げた。その強さゆえに、知能が高い神獣は、プライドも高いものが多い。しかし、アルマイズはそんなものを気にしている様子はなかった。ゲームでは関わることはなかったが、エレメントテイルのように人に友好的とまでは言えずとも、敵対的なモンスターではないのだろう。

「あれの脅威を知っている身としては、放っておけない。協力させてもらうよ。皆もそれでいいか？」

シンの問いに、メンバー全員がうなずく。

「じゃあ、集合場所に着くまでにできそうなことをまとめておくか。その方が、話し合いの時にすぐ意見が出せるし」

今回はヌヴァを相手に水中戦を、ヘビンとコーパスを相手に水上戦をする必要がある。装備も少し変更する必要があった。

「俺はヌヴァの方へ行く。こいつは確実に仕留める必要があるからな」

「お供します」

個として最高戦力のシンとシュニーは、迷わず行き先を決めた。

「私も行くわ。確認したいこともあるし」

ユズハも気になることがあるようでシンたちと一緒に行くと発言した。モンスターとしては、水中戦が得意とは言い難いユズハだったが、ヌヴァの回復状況を考えるとステータス面では勝《まさ》っているはずなので、スキルの多彩さを合わせれば十分戦力になる。

「我はここに残ろう。どの程度防衛能力があるかわからんが、我の装備とスキルならば、いざという時に敵を引き付けることができる」

「私も残るわ。水中戦は経験が少ないし、武器やスキルも大勢を相手にした方が効果的だから」

シュバイドがパルダ島に残ると意見を出すと、ティエラもそれに追従する。カゲロウも彼女とセットだ。

「ボス級の相手なら、私の出番ね」

「僕は水上の方が良さそうかな」

メンバー内でも物理方面のダメージディーラーであるフィルマはシンたちとともに行き、ミルトはパルダ島に残る方を選んだ。

「あたしはどうしようかな」

どちらを選ぶか迷っているのはセティだ。セティの魔術スキルは拠点の防衛にも、ボス戦のダメージディーラーとしても、役割を果たせる。

現れるだろう敵の数を考えれば拠点防衛要員に回るのはありだが、戦闘を早く終わらせるという意味ではヌヴァの方がいいとも言えた。

「セティはここに残ってもらっていいか？」

「構わないけど、いいの？」

「イベントと同じでボスを倒して終わるならいいけど、そうじゃなかった場合が怖い。魔力の運用と数を相手にする技術なら、俺たちの中じゃセティが一番だからな」

ヌヴァを倒してもヘビンとコーパスが消えなかった場合、シンたちが戻る前にパルダ島が数で押し潰される。これが一番の懸念だった。

シュバイドやティエラを信用していないわけではない。だが、いくらシュバイドたちの力が強くても、個人で守れる範囲は限られる。パルダ島全域をカバーすることなどできない。

人的被害はなくても、土地や施設がほぼ全壊といった有様《ありさま》になっては、元の状態に戻るまでにどれだけ時間がかかるかわからない。

魔力の運用と技術を駆使したセティの面制圧力は、どうしても力押しになるシンや、魔術以外にも能力を振っているシュニーよりも高い可能性すらある。ゆえにシンは、セティにパルダ島の守りについてもらいたかった。

討伐チームには、ステータスの強化されたシン、シュニー、フィルマに加えて、エレメントテイルとしての本領を発揮しつつあるユズハと回復したアルマイズが加わる。一応、ゲーム時代の知識を元にすると、戦力的にはヌヴァを問題なく倒せるはずだった。

「確認なんだが、ヌヴァが本格的に動き出すまでの時間ってわかるか？」

シンが尋ねると、アルマイズは首を横に振った。

「いや、そこまではわからぬ。いつ動くかは奴次第だ。ある程度接近してくれれば察知できるとは思うが、その時はもう新しい手を考えるだけの時間はないだろう」

「そこまで都合よくはいかないか。ま、どんな敵が来るかわかっているだけましだな」

あわよくば程度の気持ちだったので、シンも気落ちはしない。こうして迎撃の準備をする時間があるだけでも恵まれているのだ。

「もし時間がわかるなら、何をするつもりだったのですか？」

気になったのか、シンが時間を確認した理由をシュニーが聞いた。

「ああ、もしある程度日数があるなら、セルシュトースを呼べないかと思ってさ」

「っ……なるほど、確かにそれができるなら、後顧《こうこ》の憂いもなくなりますね」

セルシュトースの名を聞いて、シュニーがはっと息を吞む。

ファンタジー要素を加えた戦艦とでもいうべき姿と能力を持つセルシュトースだ。海の戦いにおいて、これ以上頼もしい存在はない。

ゲーム時代は戦闘能力のあるギルドハウスに乗ってボスと戦うというコンテンツは少なく、主にギルドハウス同士の戦いに使われていた。そちらはそちらでプレイヤー同士の戦いでは見られないような兵器の戦いとして人気はあったが、やはりメインコンテンツはプレイヤー本人が戦うことだ。

また、強いギルドハウスを造れるのは、大抵が人気のあるギルドや所属人数の多いギルドになる。プレイヤーほど見た目や能力が極端に変わることがなく、戦う面子《メンツ》がある程度決まっていて、絵面《えづら》が大きく変わらないという側面もあり、のめり込むプレイヤーはあまり多くなかった。

ただ、この世界ではそんな縛りは存在しない。周りを気にしなくていい海というフィールドならば、セルシュトースを運用するのになんの問題もない。

ただ一つネックなのが、モンスターの大群が押し寄せる前にセルシュトースが到着できるのかという点だった。

「お主の言う、セルシュトースとはなんなのだ？」

「ギルドハウスっていう、移動可能な拠点のことさ。俺たちがいるこの島も、ギルドハウスってくくりではある。セルシュトースはここみたいに生産拠点としての能力は高くないけどな」

シンはギルドハウスとは何かをアルマイズに説明した。それを踏まえてその性能を軽く話せば、なぜシンがセルシュトースを呼びたいかをすぐに理解した。

説明を聞く様子を見て、シンはアルマイズがギルドハウスをはじめとして、プレイヤーの持つ施設や能力に詳しくないように感じた。

ゲーム時代を振り返ると、アルマイズが実装されてからあまり時間が経っていない頃に、デスゲーム化している。それが知識に影響しているのかもしれない。

あるいはユズハのように、人と積極的に交流するタイプのモンスターではないことも関係している可能性がある。

「間に合うかと言っていたが、移動には時間がかかるのか？」

「実は俺たちはここの正確な座標を知らないんだ。だから、どのくらい時間がかかるかわからない。もうすぐ話し合いをする施設に着くから、先に聞いておくつもりだ」

セルシュトースを呼ぶのは、話をしている途中で思いついたこと。なので、あらかじめ確認できなかった。

「セルシュトースは機動力もある方だから、位置次第じゃ十分間に合うと思うんだけどな」

全力稼働した時のセルシュトースは高い機動性と砲撃能力を同時に発揮する。

今のセルシュトースは万全な状態とまでは言えないが、それでも八割ほどの性能は見込める。それだけあれば、パルダ島の防衛機構と連携して島を守り切ることも可能なはずとシンは考えていた。

「なるほど、間に合ってくれれば頼もしいな」

「こっちとしても、相手がヘビンとコーパスなら気兼ねなく戦えるから、少し気楽でもあるよ」

ヘビンとコーパスに自我はなく、生き物への憎しみに支配されている存在と定義されている。

脅威度を設定して相手を選んで攻撃したり、相手からの攻撃に状況に応じた対応をしたりするくらいの知性はあるが、それはあくまで敵を倒すためのものであり、意思疎通は不可能だ。

ヌヴァだけは自我を持つが、敵意に支配されており、より効率的に戦闘判断を行えるという程度のものだと、シンの持つイベントデータにはある。

ヌヴァがアルマイズに反応しているのは、本人（本竜？）も言っている通り、相打ちになったことで倒さねばならない明確な敵として認識している可能性が高かった。

ある種の災害と同じなので、倒すのに躊躇する必要はない。

「む、どうやら、到着したようだな」

振動が止まったことで馬車が停止したのを察したアルマイズが、窓の外を見て言った。

シンは馬車を降りると、移動しようとしていたユラとシィマに駆け足で追いつき、声をかける。

「すみません。このあとの話し合いでも言う予定ですが、俺たちのギルドハウスを呼び寄せたいんです。そのために、この島の座標を教えてほしいんですが、可能ですか？」

なるべく早く動きたいんですと、シンは続けた。

シィマは歩きつつも、シンたちが乗っていた馬車の方——正確にはシュバイドの肩を借りて移動するアルマイズに一瞬視線を向けてから、口を開く。

「ギルドハウスをパーティで所有しているのがまず驚きなのですが、そこは追及しないでおきます。それを呼ぶと言うからには、戦闘か避難が必要ということですか？」

「ええ、馬車で移動する間に話を聞いたんですが、モンスターの群れ、それも尋常じゃない大群がやってくる可能性が高いらしいです。うちのギルドハウスは戦闘力が売りなので、防衛戦の役に立つと思いまして」

ただ、パルダ島の正確な座標が不明なので、呼び出そうにもできないとシンは訴えた。

「そうか。あまりこういうことは言いたくないが、その情報が罠の可能はないか?」

ユラが懸念を示すが、シンはアルマイズがユズハの知り合いであり、実際にそれらしい事案に心当たりがあったので、その可能性は考えていなかった。

シィマは少し表情を固くしつつもユラの発言を注意しなかった。この様子から、多少なりとも同じ心配をしているのだろう。この世界において、モンスターとは基本的に敵なのだ。

「俺個人としては、モンスターの大群の話が罠だったとしても、ギルドハウスを呼ぶ価値はあると思います。何か企《たくら》んでいるにしても、意表をつく一手にはなるかと。【心話】を使った連絡をするので、察知される心配も少ないです。もしモンスター相手の戦闘になるなら、むしろこちらが有利ですし。すぐに合流せずに、姿を隠して近くに潜ませることもできますよ」

到着が間に合えばという条件がつくがと、シンは二人に告げた。

アルマイズが言うモンスターの大群以外とは別のモンスターの襲撃などがあっても、セルシュトースが来れば薙《な》ぎ払《はら》うことができるはずだ。

「そういうことなら、ギリギリまで姿は隠してもらった方がいいんじゃないかしら?」

「そうだな。話の内容はこれから聞くが、今はとにかく情報が足りない。いざという時、起死回生《きしかいせい》の一手になることを期待しよう。座標については、私の権限で教えるよ」

シィマとユラは、シンの提案について吟味し、同意した。

仮にシンから情報が漏れても、本拠地であるパルダ島は移動ができる。座標情報が役に立つのは、わずかな間だけだ。

座標情報を聞いたシンは、一旦シィマたちから離れてシュニーたちに合流する。

『座標情報はわかった。こっちに来るように連絡を入れる。【心話】で連絡を取り合うから、話し合いの途中で受け答えがおざなりになるかもしれない。もしもの時はフォローを頼んでもいいか？』

『それでしたら、私の方から連絡をしましょう。シンは私たちの代表ですし、話し合いに集中した方がいいです』

『……そうだな。俺が連絡しなきゃいけないこともないか』

自分が連絡を取らなければならないと思っていたシンだが、説明だけならばシュニーに頼んでも問題ない。

セルシュトースは、魚人や人魚たちの移住後、移動の合間に空を飛ぶ城型ギルドハウス――ラシュガムの管理をしているラスターと連絡を取り合って、オーバーホールを行ってもらっていた。

作業員がほぼラスター一人なので、最近まで作業が終わっていなかったのだが、人形を補助要員として派遣してもらうことで、作業期間を大幅に短縮することに成功。実のところ、作業が終わったと連絡があったのはほんの数日前だったりする。

「全員揃ったようだな。では、話を聞かせてもらえるか」

集合場所の広めの部屋にシンたちが入ると、他の代表者はすでに到着していた。各部門の代表以外にそれぞれの副代表、輸送などを行う者たちの代表者など、シンが思っていた以上に人数が多い。採掘場所だった鉱脈の異変に巨大なモンスターの骨の出現とくれば、これだけの面子を集めるに足る案件だろう。

部屋の正面には島とその周辺を表したのだろう地図が設置されている。代表たちは地図に対面する形に、シンたちは地図の斜め横に着席する。

「まずは、鉱脈の異変についてです。これは実際に見てきた私が説明しますね」

シィマが前に出て、地図の一部を指しながら説明を始めた。鉱脈が崩れたこと、神獣の骨が出てきたこと、その骨をシンが回収したことも話す。

アルマイズについて説明するには、骨をどうやって運んだのか話す必要があるので、アイテムボックスについても話すのは仕方ないと、シンも了承済みだ。

「神獣の骨か。疑うわけではないが、本物なのか？」

「間違いない。神性の魔力も検出された。メーターが一瞬で振り切れたのを始めて見たよ」

「今回は頭部の骨のみを回収してきましたが、おそらく全身の骨が埋まっていると思います」

未解明技術部門長のヴァンクが疑問を呈《てい》するが、ユラが、機材は正常に稼働していたと断言し、シィマも骨はまだほんの一部だと語った。

それを聞いたヴァンクは、表情を険しくする。

「なんと、それほどか。今後の鉱脈での採取に支障が出るかもしれんなどと考えている場合ではないな」

この一件だけでも、各部門が一同に介するには十分な理由になるが、本命はこのあとだった。

「今回、鉱脈の異変のことで皆に集まってもらったが、実のところ、それ以上の問題が発生している。いや、正確にはこれから発生するといった方がいいか。私も詳細はまだ聞いていないので、一緒に聞くことになるが」

「それは、そちらのドラゴンについてかな？　妙な気配がするが」

深刻な表情で言うユラに、農業部門長のボルドがアルマイズに視線を向けながら問う。

シンたちの相棒として紹介したのは、ユズハとカゲロウのみ。

この世界には召喚士が呼び出す召喚獣もいるが、普通ならわざわざこういう場に呼び出したまま連れてくることはない。ボルドはアルマイズの気配が召喚獣ではないことにはすでに気づいているようだ。少し緊張した様子なのは、その強さも感じているからだろうか。

ユラに促され、シンが皆の前に出る。

「ここからは俺が説明しますね。先ほどシィマさんが話した神獣の骨ですが、回収する時に突然光りだしました。すぐに収まって、我々には何の異常もなかったんですが、地上に帰ってからアイテムボックスに入っていたアイテムを確認すると、別の神獣からもらったアイテムが妙なことになっていました」

「神獣から、もらった……？」

ちょっと意味がわからない。ボルドたちがそんな顔をするが、そこは説明すると長くなるので、シンは話を先に進める。

「シィマさんたちと地上で合流後、神獣の頭骨の調査のために隔離倉庫へ移動し、まずは頭骨を調査しました。神性の魔力はここで判明しています。続いて、俺の持っていたアイテムを具現化したところ、宝玉だったアイテムが卵になっていました。そしてそこから生まれたのが、ここにいるドラゴンです」

シンがアルマイズに目を向けると、ドルクたちの視線もつられて動く。情報が呑み込めていないのか、誰も何も言わない。

そんな中――

「発言してもよろしいか？」

『っ⁉』

アルマイズがはっきりとした人の言葉を発し、ドルクたちが驚愕の表情を浮かべた。ただ、その後の反応は、困惑の声を漏らす者や興味深そうに見る者など、方向性はバラバラだ。唯一の共通点は、アルマイズを恐れている者がいないことだろう。

どこまで行っても根は研究者。それも、過去の知識を多く集める黒の派閥の構成員の中でもトップクラスの者たちだ。最初こそ困惑したものの、しゃべるモンスターのことも知識として知っている。何を話すのか、皆興味津々な様子だ。

「む、なんだか思っていた反応と違うが。まあよいか。我が名はアルマイズ。モンスターの身ではあるが、そちらと敵対する気はない。まず伝えておきたいのは、このままでは、この島がモンスターの大群に襲われるということだ」

アルマイズは自分が神獣であることと、人々が栄華の落日と呼んでいる時期の大地震とともに起こったモンスターの大発生について語った。

続けて、シンが遠慮がちに訴える。

「あー、俺も発言いいですかね？　説明の補足というか。おそらくこれだろうっていうモンスターがいるんですけど」

他のメンバーに目配《めくば》せしてから、土木部門長のブッドが話を促す。

「……話してもらえるかね」

シンは大群の主的な位置にいるヌヴァや、主力になるヘビンとコーパスについて説明した。

情報源は自分の鍛冶の師匠であるとも伝える。栄華の落日より前から生きている鍛冶師。その師匠から聞いた話となれば、ドルクたちもでたらめとは言い切れない。

「神獣から託された宝玉に、そこから復活した神獣。さらには海の底から湧き出るモンスターの大群か」

「にわかには信じがたいが、アルマイズ殿が復活するところはユラとシィマも見ている。おまけに……」

頭の中を整理するように口に出して話すドルクとボルド。ただ、ボルド視線はアルマイズから
シュニーの方へ向かっていた。
シンがアルマイズの言うモンスターの話をする段階で、その情報に間違いはないと保証するため
にシュニーは隠していた正体を明かしていた。ボルドがエルフかハイエルフかはわからないが、同
種族であるシュニーがやはり気になってしまうのだろう。
シンの師匠とシュニー。どちらも情報源としてはなかなか強い。師匠の方は誰も会ったことはな
いが、シンの鍛冶の腕を見れば、その人物が凡庸《ぼんよう》な鍛冶師だと考える者はいないだろう。シン本人
もすでにAランクの冒険者であり、この世界ではそれなりに発言力を得つつある。
しかし、月の祠のシュニー・ライザーが保証するのと比べると、その信頼度は数段下がる。
ドルクたちもモンスターの話など信じられないと頭から否定するような狭隘《きょうあい》な性格ではないし、
この世界に関する知識も豊富だ。それでも、突然現れたモンスターに、海底からモンスターの大群
が迫っていると知らされて、はいそうですかと彼らが納得できるかというと、あまりにも現実感が
ない話だった。
彼らの本質は作り手であり、多少の戦闘経験はあれども、プレイヤーが経験したような文字通り
命を落とすほどの戦いに身を投じた者はいない。
この件の対処に動きはするだろうが、シンたちと同じ危機感を持つには時間がかかる。
とくに今回は、この世界の住人にとってあまりに異質な情報が多い。そもそもの問題として、神

獣と関わりを持つこと自体、信じてもらえない可能性の方が高いのだ。

あまりにも現実離れしている。それゆえ、どうしても危機感が生まれにくい。

少しでも説得力を持たせるために、シンはシュニーの身分を明かす手札を切った。

情報を伝える際の信憑性《しんぴょうせい》という点でシュニーに頼らざるを得ないことに、シンは忸怩《じくじ》たる思いがあったが、今は目をつぶるしかない。

「現状、いつモンスターが襲ってくるかはわかりません。防衛のために、まずは島を移動させてはどうですか」

発言がないのは色々と考えているからだろうが、黙り込んでいては話が進まないと、シンは意見を言う。それに、ユラとシィマが賛同の声を上げた。

「私は賛成だ。アルマイズ殿がおおよその敵の位置を把握できるならば、少しでも距離を取って時間を稼ぎ、準備に当てるべきだろう」

「私もユラの意見に賛成です。鉱床の調査は後でもできますし、移動自体は元々の予定を繰り上げればいいだけですから」

二人はアルマイズの誕生の瞬間を見ているからか、多少困惑からの立ち直りが早いようだ。

「そうだな。反対の意見がある者はいるか？　……いないな。では移動は決定とする。アルマイズ殿、移動方向はどちらがいいか教えてもらえるか」

ドルクが全体を見渡し、反論がないことを確認してアルマイズに問いかけた。

「奴はおそらく北西方面にいる。南東方面に向かって進めば少しは距離が取れるはずだ」

返答を聞いたドルクは振り返って、部屋の隅に控えていたドワーフにうなずいてみせる。

ドワーフはそれにうなずき返すと、シンたちの方へ軽く一礼して部屋を出ていった。移動の手はずを整えるのだろう。

「さて、いろいろと聞きたいことはあるがそれは後にして、モンスターが来るというなら、島の防衛について話をせねばなるまい。敵がどちらから来るかわかっているなら、その方向に設置してある魔導兵器類に、移動可能なものを追加配置して対応することになるだろう。規模を考えれば、拠点の設備はすべて稼働させた方がよさそうだな。で、儂らはそれでいいとして、シン殿たちはどう動くのだ？」

「俺たちは島の防衛に残る組と、モンスターの親玉を倒しに行く組の二手に分かれて行動する予定です」

ドルクの質問に、シンはこれから襲ってくるだろうモンスターとボスであるヌヴァの能力について、この場の全員に聞こえるように説明した。

「なるほど、そのヌヴァという奴を倒さんと、モンスターが湧き続けるのか。念のために聞くのだが、その話、間違いないのだな？」

「はい。モンスターたちの種類に形、能力。そういったものが当てはまるのは、ヌヴァ、ヘビン、コーパスだけです。あれらは三種類でセットといってもいいですから、間違いないでしょう。それに、あれは強い。今はどこまで回復しているかわかりませんが、万全を期すならば、アルマイズにすべて任せるのは得策ではないと思います」

「こういうことを聞くのは失礼かもしれんが、そもそも戦えるのか？　シン殿の話では、生まれたばかりなのだろう？」

今のアルマイズは見た目も小さく、威圧感も出していない。なので、ドルクは戦力になるのか気になったようだ。

多くのモンスターを見てきたシンは、アルマイズが神獣と聞いた時点で、本来の大きさが目の前のものではないことに気づいていた。

しかし、そういった知識がない、もしくは経験で理解していないドルクは、自在に大きさを変えるという能力に思い至らないのだろう。神獣の能力に慣れるほど関わる者など、まずいないのだ。

「心配には及ばん。今は話し合いのために小型のままにしているが、本来はこの数十倍の大きさなのだ。生まれたばかりとはいえ、シンの持っていたアイテムの効果で力は取り戻しつつある。生前の知識や戦い方も覚えている。そう簡単に後《おく》れは取らぬ」

「それならばよいのだ。侮るようなことを聞いて申し訳ない」

アルマイズの答えを聞き、ドルクは軽く頭を下げた。

「いや、お主たちはこの島や住人を守る責務を負う者。本当に戦えるのか確認するのを咎《とが》めはせぬ」

アルマイズは気を悪くした様子もなく、むしろよく聞いたと感心していた。

「まあ、戦いについては簡単にどころか、なかなかやられませんよ。復活したばかりといっても、レベルは700を超えてますし」

「なな、ひゃく……？」

安心させる意味も込めてシンがアルマイズのレベルを伝えると、ドルクの表情がポカーンという擬音が聞こえてきそうなものになった。

この世界では、条件が揃えば単独で小国くらいは落とせるレベルの数値だ。

「は!? ……うぉほん。どうやら不要な心配だったようだな。ところで、シン殿はパーティを分けるという話だが」

「そうですね。装備も用意してありますし、確実にヌヴァを倒すためには必要だと考えています」

シンは、自分とシュニー、フィルマ、ユズハがヌヴァに向かい、シュバイド、セティ、ティエラ、カゲロウ、ミルトが島に残ると、ドルクに伝える。

「シュニー殿がいるのにこういうことを言うのは失礼だろうが、大丈夫なのか？　ただでさえ万全のメンバーとはならん上に、水中戦だ。地上のようにはいかんことはわかっているだろう。神獣の戦いに割って入るのは、危険だと思うが」

「心配なのは当然だと思います。ですが、そこは問題ありません。実のところ、神獣と戦うのは初めてではないので」

陸上では神と呼ばれるモンスターと戦い、水中戦もこなしてきた。

ここでは言わないが、ともに行くユズハも神獣である。

「すでに神獣との戦いは経験済みとは、いらぬ心配だったか」

どこか呆れたような表情で、ドルクは笑った。シュニーがいること、そして今のシンの発言で、部屋に満ちていた緊張が少しだけ緩んだ。

「さて、頼もしい言葉が聞けたところで、防衛の話をしよう」

ドルクの顔が真剣な表情に戻る。

「せっかくの良い雰囲気を壊したくはないんだがな。疑うわけではないが、もう一度だけ確認させてほしい。さきほど話してくれたモンスターのレベル、間違いはないのだな?」

「はい。聞いた話とは状況が違うので上下している可能性もありますが、師匠の話の通りなら、レベル帯に間違いはないです」

シンの返答を聞いたドルクの眉間のしわが深くなった。他のメンバーも同じだ。

「レベルが高すぎる。ヘビンとやらはまだいいが、コーパスのレベルは一体処理するのにどれだけ時間がかかるかわからん。物理攻撃に強いタイプか?」

「強い方ですね。逆に、魔術には弱いです。物理に比べれば、ですが」

コーパスの最も注意すべきところは、無差別な範囲攻撃ではなく、その耐久力だ。体を細く枝分かれさせて突き刺してくる攻撃は避けにくいが、コーパスとまともに戦えるプレイヤーからすれば攻撃力はむしろ低い方だったりする。

イベント時には、その高い耐久力を削り切るのに時間がかかって、相手の物量に押し潰される事態が頻発《ひんぱつ》した。防衛側にはやりにくいモンスターだった。

「コーパスに注力するとヘビンが抜けてきて、ヘビンを一掃《いっそう》しようとするとコーパスが耐えて進んでくる。これが一番厄介なところです」

ヘビンは、特殊能力以外はさほどステータスも高くない。下手に一掃できないという意味では厄介ではあるが、こちらはまだやりようがある。

「確認ですが、レベルが高い相手が出た時はどう対処しているんですか？」

「特別な砲弾を使う。それで仕留められればよし。できなければ、弱らせたところを選定者で叩く。こいつはある程度大きな港や軍港で行われる防衛方法でな。うちでもやり方は変わらない。変わるとすれば、砲弾の威力だ。ただ、いくら我らでも砲弾は有限だ。素材や作製方法の問題で大量に在庫があるわけでもない」

シンの問いに、ドルクが答えた。

現代で言うところの、榴弾《りゅうだん》や徹甲弾《てっこうだん》のような性質を、魔術やギミックで再現しているようだ。

これはゲーム時代にも行われていたことで、命中する寸前に前方に向かって熱線を発射する散熱《さんねつ》弾《だん》や命中した場所とその周辺を凍らせる凍結弾《とうけつだん》など、様々な砲弾が開発されていた。しかし使う機会が限られていたので、あまり目にする機会はなかったが。

「規格が合うなら、こちらからいくつか都合してもいいですよ。どんな兵器があるのか、細かく教えてもらうことになりますが」

渋られるかもしれない思いながらシンは提案してみた。いくら信頼が置ける相手とはいえ、軍事情報、それも戦闘に関する重要な情報をよこせと言っているようなものだ。

「構わんぞ。ただ、すべての兵器の使用弾薬が同じ大きさというわけではない。どうにかなるか？」

あっさりうなずくドルクに内心で驚きながら、シンは会話を続ける。

「兵器類は、昔のものを参考に？」

「ああ、ほとんどがギルドハウスに残っていたものを参考にしている。実際に動いているわけだからな。新兵器の開発もそうだが、同性能のものを再現するのも目標だった」

「なら、問題ないと思います。栄華の落日前の兵器は、規格が揃っていることが多いので」

ゲーム時は現実の兵器を参考にしたものも多く、防衛時に砲弾をはじめとしたパーツをよそのギルドと補充しあったり、流用できるようにしたりと、ある程度規格を統一する動きがあった。個人が趣味で作ったものや小規模ギルドはわからないが、中堅以上のギルドの多くが賛同していたので、ここもてんでバラバラということはないだろうと、シンは予想していた。

「同じ口径の砲弾や似た形のパーツが多くあるとは資料でも知っていたが、規格を決めるまとめ役でもいたのか？」

「昔はモンスターを相手にした防衛戦が多かったらしいですからね。規格を同じにした方が補給しやすかったのかもしれません」

「なるほどのう。一理ある」

どこに防御を集中するか、そんな話になった時、突然サイレンのような音が響いた。

「警戒しなくていい。島を通常の速度よりも速く動かす時の警報だ。機関部まで連絡が行ったんだろう」

港や海に面した場所には影響があるので、退避勧告も兼ねているらしい。

ドルクはそのまま落ち着いた様子で話を続ける。

「兵器類の配置だが、モンスターが来るという北西方面、そっちに兵器を置く場所が多い地域を向ける」

移動可能な島なので、向きも自由自在だ。防衛に適した面をモンスターの来る方角に向ければ、より優位に事を進められる。

「砲弾もそうだが、海にも仕掛けをする予定だ」

「機雷ですか?」

「やはり知っていたか。シン殿の話では、奴らは海上に出ると宙に浮いてしまうという話だが、一定の距離に近づいたら機雷を爆発させることもできる。海中に沈めるのではなく、浮かせて設置すれば、ダメージを与えられるだろう。数は限られるが、こいつに関しちゃ効果は保証できる」

機雷には通常のモンスターを遠ざける効果もあるという。ドルクたちが開発したのではなく、ギルドに備蓄されていたもののようだ。実際にレベル500超えのモンスターに致命傷を与えたこともあるようで、相当高価な素材を使っていると思われる。島を移動させながら使うことができないのが唯一のデメリットだが、モンスターが近づいてくるのがわかるのなら、事前に仕掛けることは可能だ。

「障壁を張るのはどうですか？　この規模のギルドハウスなら、モンスター避《よ》けにそういう機能もあるのでは？」

「やれやれ、なんでもお見通しか」

シンの提案に、若干呆れ気味にドルクがうなずいた。

大きな敷地を持つ移動可能なギルドハウスでは、そういう機能をつけておかないと、モンスターの群れに襲撃されることもあった。敷地が大きければ障壁の出力を上げるための装置を複数設置することもできたので、シンはここにもきっとあるだろうと予想していた。

「出力を最大にすれば、レベル600クラスの攻撃にも耐えられるのは確認してある。記録によると、600クラスのボスとその取り巻きの400クラス百体ほどの大群を凌《しの》いだこともあるようだ。ただ、これは常に攻撃を受けていたわけではない。こちらの戦力が反撃に出るまでの時間稼ぎだな。その後、打って出た部隊が相手を殲滅《せんめつ》している。戦闘時間は一時間程度。そのうち最大出力で稼働したのは三十分ほどだったようだ」

「詳しいですね」

資料もないのにすらすら口にするドルクに、シンは驚いた。今も使っている設備とはいえ、昔の記録まで細かく覚えているものだろうかと疑問に思った。

「エネルギー源になっている出力装置を再現するために、無茶をやったことがあってな。資料を隅から隅まで徹底的に読み込んだおかげで、内容は全部ここに入っとる」

シンの表情から思っていることを察したのだろう。ドルクはニヤリと笑いながら、トントンと頭を叩いてみせた。

「これだけの広さの島を、それほどの出力の障壁で覆えるのはさすがですね。障壁の展開中は味方の出入りはできるんですか?」

「出るのは問題ないが、入るのは難しいな。一部の障壁を消して入口を作らんと、島には戻れん。まあ、障壁の内側から一方的に攻撃できるのだから文句は言えんがな。補足すると、島を覆う障壁は二枚ある。島に近い方は強度を、島から遠い方は範囲に重きを置いた設定だ」

「どちらも障壁の内側からは攻撃を通す、ですか?」

「うむ、一枚目はあくまで足止めが目的だ。ある程度障壁の前に密集したところを遠距離攻撃で殲滅、または数を減らす。本命の守りは二枚目というわけだ」

シンも手掛けたことがある防衛用の障壁発生装置。ギルド用のものは通常の装備とは効果範囲や強度、その他の設定がいろいろと違うせいで、造るのに苦労した思い出がある。

目的に応じて、大まかに障壁の強度、効果範囲、出入りなどの利便性のどれかに重きを置く。

ただし、すべてを上限まで上げることはできないという制約があった。ステータスの割り振りのようなもので、100のポイントをどの能力にどれだけ割り振るかを決めるのと同じだ。

どれを捨ててどれを高めるかは、ギルドハウスの形状や戦力によってさまざまであった。

ゲームにおいては、あらゆる面で完璧なアイテムや装備を実装してしまうと、その後に出すものはすべてその下位互換に成り下がる。「壊れアイテム」や「公式チート」などと称されるものを出したせいで、バランスが崩壊し、廃れていったゲームも少なくない。

(ゲームなら、そういう不完全なところをいろんな工夫で補って楽しむのがいいんだけど。今はぶっ壊れでもなんでもいいから、全部マックスでポイントを振れる装備が欲しいぜ)

そう独りごちたシンだったが、ないものを考えても仕方がない。

島を保有するほどのギルドだけあって、設置されている障壁発生装置がかなり高性能だったのは、シンたちにとって喜ばしいことだった。

「ただし、全力稼働にはかなり魔力を消費する。燃料の問題もあるが、まともに効果を発揮できるのは二時間ってところだな」

「ヌヴァが逃げ回ったりしなければ、十分持つはずです」

ゲーム時代に討伐まで時間がかかったのは、攻略条件がわからなかったからだ。原因がわかっているなら持つとシンは予想する。防衛設備だけでなく、シュバイドをはじめとしたメンバーもいるのだ。そう簡単に防衛線を突破されるとは思えない。

「障壁については、まずはここまででいいだろう。詳細は後ほど詰めよう。遠距離攻撃用の兵器類だが、配置を決めておきたい。もともと全方位に対応できるようになっているが、今回は偏らせた方が良さそうだ」

その後もシンとドルクが中心となって作戦を決めていく。

疑問点や改善点があれば、他のメンバーも遠慮なく発言した。状況が状況だ。あとになってあれを言っておけば、なんてことがあってはたまらない。

黒の派閥はもともと技術屋集団なだけあって、こうしたらもっといけるんじゃないか、いやそれならこうだろと、話し始めればきりがなかった。今回はなるべく即効性のありそうな案に絞って採用を決めたが、モンスターを凌いだら実験しなければならないと思えるような案も出ていた。

話し合いをするうちに、危機的状況にあるという実感が皆に出てきたのか、状況を打開しようと、今まで培《つちか》ってきた知識を元にした閃《ひらめ》きがほとばしっていた。

「防衛用兵器の配置はこんなところか。奇をてらいすぎると余計なトラブルになりかねんからな」

納得の様子のドルクに、シンが次の話題を振る。

「そうですね。あとは、戦闘員の配置はどうしますか。こちらのメンバーは前線でと考えていますが」

兵器類は強力だが、基本的に大雑把《おおざっぱ》な攻撃しかできない。攻撃の雨をくぐり抜けてきた少数の個体は、戦闘可能な者が対処することになる。派閥の構成員には、外の世界で冒険者として活動している者もいるようだが、戦力としてどの程度期待できるのか、シンは知っておきたかった。

「冒険者じゃない奴が多いからな。選定者も多い。冒険者ギルドのランクで言っても、正しい評価にはなるまい。それに大規模な防衛戦となると、儂も素人のようなもんだ。ここからは戦闘部隊の隊長に任せるとしよう」

「おや、やっと出番かい？」

ドルクが振り向くと、壁際に座っていた男が立ち上がる。

身長はシンと同じくらいだろうか。騎士風の出で立《いた》ちで、ぴっちりしたタイプの服を少し着崩している。

濃い青色の髪と、澄んだ青の瞳を持つ男だった。

特徴的なのは左目の眼帯。能力を制限するタイプの装備なのがシンにはわかった。魔眼の類なら、種族はロードということになる。

ステータスを一部の能力に全振りしたタイプのロードは、特定の条件を満たすと魔眼の能力が強化される代わりに、自分で能力のオンオフができなくなるという仕様があった。そのため、封印系の装備をつけることがあるのだ。眼帯は一部のプレイヤーに流行《はや》っていた。

男は四十代くらいに見えるが、ロードだとしたらもっと長く戦ってきたはずだ。

「俺は戦闘部隊の隊長をしてるパルザンってもんだ。まあ、戦闘部隊って言っても、大体は砲撃でけりがつくから、外に行く奴らの護衛部隊って名乗った方がいいかもしれんがね」

「余計なことは言わんでいい。訓練は欠かしておらんだろうが」

パルザンは少しへらへらした態度を見せていたが、ドルクは注意こそすれ怒る様子はない。

彼らにとっていつものことだからか、それとも視線だけは態度とまるで違う真剣なものだからか。

少なくとも黒の派閥で戦闘部隊の隊長を任されている時点で、見た目通りの浮ついた人物ではないだろう。

レベルは255とカンスト済み。これだけでも、並の戦士でないことはわかる。

「俺は黒の派閥の戦闘部隊のトップってことになってるけど、正直言って、君らの方が俺たちよりはるかに強いのはわかる。それに情報通りなら、俺たちが経験したことのない規模の戦いだ。できればそういう相手と戦う時のアドバイスをもらえると助かるね」

無精髭《ぶしょうひげ》をいじりながら話していたパルザンは、そこまで言って頭を下げた。

突然のことで、シンは恐縮する。

「新参どころか、ちょっと前に来たばかりの俺たちに、頭なんて下げないでくださいよ」

「そうもいかないさ。はっきり言うが、もし君たちがいなかったら、なんの準備もなしにモンスターの大群に襲われていた。そうなっていたら、島を守るどころか、住人を脱出させるのも難しかっただろう。自分たちで全部賄うことができないのは悔しいが、その悔しさも、生きていてこそだからね」

本来なら島に来た人には護衛をつける決まりだったが、遠目でもシンたちが自分たちより強いとわかったので、今まで姿を見せなかったようだ。下手に護衛をつけて監視と思われるより、余計なことをせずに友好的に振る舞った方がいいと判断したらしい。

「いやぁ、実はそれでちょっと怒られちゃったんだけどね」

そう言って肩を竦《すく》めるパルザンを、ドルクが窘める。

「護衛がいらんのはわかっていたが、それと職務放棄は別問題だからな」

「放棄してたわけじゃないよ。力がある連中を下手に近づけたら、トラブルになりかねないって思っただけさ。感じる強さは桁外れ。誰か一人だけだったとしても、俺らを全滅させることができるくらい強いだろ」

いやはやと曖昧な笑みを浮かべつつ、パルザンはシンたちを見つめる。隊長を務めるだけあって、強さを正確に読み取る力があるようだ。

「ただ者じゃないことなんぞ、見りゃわかるわい。理由があるならしっかり言え」

「まあまあ、その話はまた今度ということで、今は防衛の話をしましょうよ」

「おっとすまんな。話が逸れた」

やれやれと顔に出ているドルク。こういうのは初めてではないのだろう。

「じゃあ、人員配置の話を進めようか。一応参考までに、今までは海から来るモンスターを相手にする時は、主に兵器類の護衛が俺たちの担当だった。俺を含めた一定以上の強さを持つ隊員は、海上を移動できる装備をつけて直接戦うこともあったよ」

「海上を移動できる装備は、どのくらいあるんですか？　相手が相手なので、なるべく集団で戦う方がいいと思うんです」

ゲーム時も防衛線の時は六人パーティが最小単位だった。それを一小隊として、小隊三つ分で中隊、中隊三つ分で大隊として扱い、なるべく同じギルドのメンバー同士で固めて、連携が取れるように動いていた。

中隊や大隊の分け方は、当時のその場で一番大きなギルドのギルド長が決めた。寄せ集めならそんなものだろうが、戦闘部隊となれば連携訓練をしているはず。

シンはそれを確認した上で、打って出られる面子がどれだけいるか聞いた。

「打って出られるのは、大体百人くらいだね。君の言う単位を使うなら、二大隊に少し足りないってところだ。ヘビンって奴だけを相手にするならもっと出せるけど、コーパスが交ざっているならこれが限界かな。装備で補ったとしても、強さの次元が根本から違いすぎる」

「装備を提供すれば、もう少し対抗できそうですか？」

「死ににくくはなるかな。でも、打って出られるメンバーの数は変わらない。聞いた通りの強さなら、まともにやり合えるのは俺を含めて十人ってところ」

パルザンはむむと唸りながら言った。その十人が、精鋭中の精鋭とのこと。

ステータスを大まかに把握するために、シンは彼らが今までどんなモンスターを倒してきたかを尋ねる。パルザンはレベル５００ほどのサーペントを単独討伐したことがあるようだ。

パルザンは黒の派閥の戦闘員としては頭一つ抜けているらしいので、ステータスは600前後というところだろう。他のメンバーは500くらいを想定する。

「ちなみにエラメラさんはこの島ではどのくらいの強さなんですか？」

黒の派閥の戦闘員でシンが知っているのは、ドラグニルのエラメラだ。

彼女は冒険者ギルドのランクはBと高いが、プレイヤー目線だと中堅よりやや下といったくらいの実力である。冒険者としてのBランクは上位層。今の区分の仕方だと、同じBランクでも強さにはかなりの差がある。

「うーん、上位百人には入るかな。君らもわかっているだろうけど、選定者って言っても本当に上から下までバラバラでね。俺たちもモンスターみたいにレベルから大体のステータスがわかればよかったんだけど」

「それは俺も思いますよ。しかしそうなると、配置をしっかりしないと、かなり抜けられますね」

複数で当たれるようにしても、守れる範囲は広くない。兵器類の攻撃も常に砲弾を雨あられと降らせ続けられるわけではないので、どうしても島へ到達する個体が出てくる。

「可能な限り数を減らして、あとは障壁に頑張ってもらうしかないかねぇ」

「そうなりますね。これぱかりは数が物を言うので」

数は力だとはよく言ったもので、広い土地を守るなら、それを覆う壁や巡回《じゅんかい》できるだけの人員が必要だ。

「敵の正確な数がわからないってのが厄介だねぇ」

「一応、可能な限り空から偵察してみますが、敵の性質上、来るのは海中からなので、どこまで当てになるかわからないんですよね」

正確な数がわかれば、もう少し緻密な戦略が立てられる。しかし今回、それは望めない。念のため尋ねたシンに、アルマイズも数はわからないと首を横に振った。

その後も話し合いを続け、大まかな配置を決めていく。

すべての兵器と人員を配置しきらずに、予想外の行動をしてきた時の予備戦力も決めた。万全とは言い難いが、あとは敵の戦力次第である。

話し合いが終わると、それぞれが準備に取り掛かる。

シンはドルクと一緒に設置されている兵器に使える砲弾を調べるため、予備のパーツが保管されている場所に向かった。

「え、手を加えてもいいんですか？」

「なるべく手間がかからず効果が出るものを頼みたい。無茶なことを言っているのはわかっとる。だが、やれることはやっておきたい」

移動中、ドルクに兵器に手を加えてもいいと言われて驚くシンだったが、備えが多いに越したことはない。考えるだけ考えてみることにした。

シュニーの仲間ということで、信用を得られたのかもしれない。

「では、我らも行くとしよう」

「そうですね。時間はあまりないでしょうから」

シュニーとシュバイドは防衛隊の訓練を買って出た。スキルを使って大型の敵の攻撃を擬似的に再現し、多少なりとも対処できるようにするという。

パルザンはシュニーの訓練が厳しいことを知っているようで「こ、こうえい、です……はは」と、やや引きつった笑いを浮かべていた。

「それじゃ、私たちも行きましょうか」

シンたちと別れて移動を始めたのは、フィルマ、セティ、ミルト、ティエラの四人に加えて、カゲロウとユズハ、さらにアルマイズの三匹。兵器類の開発技術や効率的な指導などはあまり専門としないメンバーだ。

話し合いのあとに、射程の問題もあり、海上に出て戦うことになるので、その訓練をしたいと言ったティエラに、他のメンバーが応えた。

装備の力で沈まないとはいえ、海上は陸上とは色々勝手が違う。波の影響で足場は不安定で、弓での遠距離攻撃を行うには不向きな場所だ。補正をかける装備もあるが、それを自分の技量で補えれば、その装備分を威力や射程の強化に回せる。

フィルマたちは、ティエラが自分の力がまだまだ足りていないと思っていることを知っているので、その努力を後押しするために協力を惜しまなかった。アルマイズはティエラの事情は知らないはずだが、そのくらいなら付き合えると言って、影から出てきたカゲロウの背に移動していた。じっとしているよりは役に立つというのが、本人の弁である。

†

――そうして、まずは一日目が終わった。

割り当てられた宿舎に戻ったシンは、ベッドに腰掛けながら【心話】でシュニーにラスターとのやり取りを確認していた。砲弾や一部の兵器類を持ち出すことや、セルシュトースで迎撃することも伝えたという。

『それで、ラスターはなんて言ってたんだ？』

『使えそうなものをリストアップしておくと言っていました。セルシュトースもミラルトレアから人形を補助要員として移動させ次第、すぐに出発すると。ただ間に合うかは、こちらに向かっているモンスターと航行中の状況次第です。座標を伝えたところ、順調に進んでも六日はかかると言っていました』

『思っていたより近かったのはいいが、それでも日数は微妙だな』

戦艦とは思えないような速度が出るといっても、人目につかないようにし、かつモンスターの誘引などもしないように注意しながらの航海だ。ラスターは移動可能なギルドハウスすべての操縦ができるとはいえ、モンスターとの遭遇や海の荒れ具合など、航海にはどうしても運が絡む。

『アルマイズは二、三日でってことはないだろうとは言っていたが、確証はないって話だし。間に合わないのを前提に考えておいた方が良さそうだな』

『そうですね。確実に来る援軍ではありますが、ここの障壁では長期間の籠城《ろうじょう》はできませんし』

ある程度の日数耐えられるなら、セルシュトースの到着を待つのも一つの手だ。しかし、パルダ島に設置された障壁発生装置でそれは望めない。

『今はやれることをやるしかないか。ラシュガムを呼べればよかったけど、まさかめちゃくちゃ遠くにいるとは』

『一箇所に留まると、影響が大きいですからね』

敵が海中と海上ということで、最初に出たのがセルシュトースだったが、海上だけならラシュガムでもある程度対処できる。そう思って会議の合間にシュニーに伝えたシンだったが、ラシュガムの位置が遠すぎてとても間に合わないというのが、ラスターからの連絡でわかった。まさか大陸の南部、ベイルリヒト王国の近くに移動していたとは思わなかったのだ。

ラシュガムは、そこに棲み着いたドラゴンや、ギルドハウスそのものが周囲へ与える影響を考え、今の世界になってから一定速度でランダム移動するように設定されている。それが悪い形で作用してしまった。加えて、棲み着いたドラゴンのことを考えると、高速移動するわけにもいかない。そんなわけで、今回はラシュガムを呼ばないという結論に至った。

『とにかく、今はやれることをやるしかないか』

『大丈夫です。きっとうまくいきます。頑張りましょう』

不確定要素は多い。シュニーの言葉を、シンは素直に受け取れなかった。

『事前の準備は滞《とどこお》りなく進んでいます。不安を抱え込んでも、事態は好転しません。むしろ、色々と考えすぎて空回りしてしまうこともあります。少しくらい、楽天的でもいいんです』

穏やかな声音で届く言葉に、シンは以前エルクントにシュニーと二人で転移させられた時のことを思い出す。

シュニーもすべての依頼を完璧にこなしてきたわけではない。万全の準備で挑んでも、うまくいかなかったことは決して少なくない。ゼロにできたはずの被害。失われるはずではなかった命。どれだけ完璧に準備をしても、万が一は起こり得る。

あの時、ベッドの上で聞いたシュニーの弱音は、強く印象に残っていた。シンから見れば多くの人々から信頼を得ている彼女でも、失敗することはある。

(俺ならなんとかできる。そんな考えは、傲慢《ごうまん》だな)

以前ユズハが、シンはこういった場所にいざなわれるようなことを言っていた。しかし、今思えば、シンがいたからと言って確実に事態が好転するとも限らないのだ。人よりもできることは多いだろう。だが、決して万能などではない。

そもそも、自分がやらなければいけないというわけでもない。そうしたいから手を貸すのだ。

何より、手を貸したからといって、成功が約束されることもない。

『ありがとうな。気が楽になったよ』

その後は取り留めのない話をして眠りについた。少しだけ、肩の荷が下りた気がした。

†

それから五日。その間は平和なものだった。

作業は順調に進み、シンが提供した砲弾の試射も問題なし。着実に迎撃の準備は進んでいた。

少し時間が空いたので、シンはなんとなく海でも眺めようと、以前、鉱脈の見学の際に訪れた港へ足を運んだ。

とくに目的もなく港を歩いていると、海の方を見ながらじっとしているアルマイズの姿を発見した。何か探しているのかと思い、シンは声をかける。

「探しものか?」

「シンか。いや、目的があって行動していたわけではないのだ」

ここにいる理由はシンと同じで、たまたま時間が空いたので来ただけらしい。

「体はそう簡単に疲れないだろうけど、気にしすぎると精神の方がやられるぞ」

シュニーに言われて気づいたことを、シンはアルマイズに伝える。

「休息は十分取っている。それに、見張りは多い方がいいだろう。敵が近づいているのは感覚でわかるが、これは明確な根拠が説明できないものだ。間違っている可能性もないとは言えない」

自分では間違いないと確信があっても、今までに経験のないことでもある。気にせずにはいられないのだろうとシンは思った。

「近づいているのは確実なんだろ？」

「うむ、そのはずだ。しかし、まだ正確な距離がわかるほどではない。正確な位置がわかればよいのだが、自らの能力のようには扱えん」

未知の感覚ゆえに、鍛錬《たんれん》の仕方もわからないと、アルマイズは言う。

「時間があるのはこっちとしても願ったりかなったりだけどな。それに、脅威が近づいているのは間違いじゃないと思う。ここ数日、なんだか嫌な感じが大きくなっているんだ」

【直感《ちょっかん》】スキルが何かしているのかもしれないとシンは思っている。シュニーたちにも確認したが、明確に作用する部位が決まっていない感覚的なスキルは、言葉にしづらい感覚を本人に与えることがあるらしい。

パルダ島も移動しているとはいえ、水中に適応した姿のモンスターと比べると、その速度は決して速くない。シンはそろそろ追いつかれてもおかしくないと考えていた。

だが、アルマイズの感覚では、まだ距離を掴めるほどではないという。何か、見逃している。なぜかシンには、そんな予感があった。

「人の感覚はわからんが、見落としがあるか？」

「向こうもこっちの位置を感知できるんだよな？　近づいてくれれば感覚でわかるって話だけど」

「そのはずだ。言葉で伝えるのは難しいが、見られているという感覚が近いか。曖昧と言われればそうだが、以前も伝えたように、近づいているのは間違いない。しかし、シンの言葉にも一理ある。近づいているならば、多少なりとも感覚に変化があっていいはず」

シンの疑問に答えながら、アルマイズはヌヴァがいるだろう方向を睨む。

シンはアルマイズの感覚を疑っているわけではない。気配察知や直感のような、言葉にできない曖昧なスキルは少なくないのだ。ゲームなら一定の効果があるだけだったが、こちらの世界では説明できない作用があるのもわかっている。

「もっと何かできないか考えてみるか」

「対策は多いに越したことはないが、できるのか？」

「やるだけやるさ。ここが落ちるところは見たくない」

「そうか……なんとも奇妙なものだな」

「奇妙？」

会話の中、緊張感のあったアルマイズの声音が穏やかなものに変わった。不思議に思ってシンが見ると、その表情からも険《けん》が取れていた。

「シンがここへ来た時期が、我の力が戻りつつあった時期と重なった。さらにシンは我を復活させる宝玉を持っていた。偶然が重なり、こうしてここで世話になっているわけだが。なぜだろうか、我もここを守りたいと感じている。さほど深い関わりがあるわけでもないというのにな」

その気持ちが不思議でならない。そんな感情が伝わってくる。

ゲーム上で人に友好的なモンスターは、自分に利がなくとも助力をしてくれることが多い。ゲームだった頃の影響――そう言ってしまうこともできる。しかし、シンはそれ以外の要素もあると思っていた。

「過ごした時間は短くても、ここは居心地がいいと思っているんじゃないか？」

この世界の人にとって、モンスターは敵というのが基本概念。襲ってくるものであり、倒すべきものだ。

だが、黒の派閥に所属している者たちは良い意味で変わり者が多い。

接しているのは一部の人だけとはいえ、彼ら彼女らは、アルマイズを恐れることなく話しかけてくる。アルマイズは栄華の落日前にプレイヤーたちと関わることはなかったが、プレイヤーたちが造った街や道具を目にする機会はあったらしく、多くの人がそれを聞きたがった。そこには利用しようという邪念はなく、ただ純粋に未知なるものへの好奇心があった。

防衛についても、どういう布陣で戦うか。敵が来たらどう動くか。シンたちも交えて今でも意見を交わす。

アルマイズには今の状況がきっと新鮮だろうとシンは思った。

「ふっ、確かにそうだな。人とモンスターは戦う定め。であるにもかかわらず、こうして肩を並べて同じ目的に向かっている。戦いの高揚とはまた違う感覚だが、不快ではない。ユズハや他のモンスターたちも、こんな気分だったのかもしれんな」

穏やかな表情のアルマイズを見ていて、シンはふと戦いが終わった後、アルマイズがどうするのか気になった。このままパルダ島に残り、黒の派閥とともに行くのか。それとも、かつてのように海原《うなばら》をさすらうのか。

以前、シンはユズハに、プレイヤーたちにしたように、この世界の住人に試練を与えたりしないのかと聞いたことがある。ユズハはもう役目に縛られるのはやめたと言っていた。試練を与えるにしても、それはやらされるのではなく、自らの意思でやるのだと。

アルマイズも自由に生きていい。シンはそう思う。ゆえに、何を選ぶにしても、悔いのないようにしなければと、決意を新たにする。

「守らないとな。まあ、ここにいるのは守られるばかりの連中じゃないけど」

「うむ、自ら脅威に立ち向かう勇気のある者たちだ。我も全力を尽くそう」

ヌヴァとは、アルマイズも一緒に戦うことになっている。

最も恐れる事態である、ヌヴァの逃亡からのモンスター無限湧きという悪夢を現実のものにしないためだ。

アルマイズが本来の姿になれば、もしヌヴァが逃げようとしても対処できる。実際のところ、本当に無限に湧くのかはわからない。だが、そうなってしまっては困るので、逃がすわけにはいかなかった。

戦いはスピード勝負。今回ばかりはシンも様子見はなしだ。

装備に手を加えられないかもう一度考えるかと、シンが踵《きびす》を返す。

——その時、異変が起こった。

シンの感覚が、モンスターの気配を察知する。

マップの範囲を広げて確認すると、パルダ島を覆う障壁のすぐそばに、敵を示す赤いマーカーがぽつぽつと増えていくところだった。

「あれはヘビン！　いつの間に障壁に取りついたんだ⁉」

「なんだと！」

シンの発言を聞いて、アルマイズも驚いている。

【遠視《とおみ》】のスキルで海の向こう、赤い光のある場所に目をやれば、障壁を叩くヘビンの姿が確認できた。ヘビンは武器を持たないので、素手で障壁を叩いている。

赤く光っているのは、障壁が攻撃を受けていることを表わすためだ。

シュニーたちに【心話】を繋げて近くに黒の派閥の団員がいないか聞こうとしたところで、島全体に警報が鳴り響いた。もともとモンスターが島に近づいてきた時のために、島の各地に監視塔が設置され、望遠鏡やスキルを用いて監視は行われているのだ。

ただ、警報が鳴ったのが、シンたちが敵の存在を察知したのとほとんど変わらないタイミングだったことを考えると、監視役も気づかないうちに近づいていた可能性が高い。

警報が鳴りやまぬうちに、ドンッという破裂音が連続して響いた。

「砲撃が始まったな。とりあえず、方向がずれていなくてよかった。まずは打ち合わせ通り、監視塔に行こう」

飛ぶより速いと、シンはアルマイズを抱えて近くにある監視塔を目指して大きく跳躍《ちょうやく》する。

やはり、一筋縄《ひとすじなわ》ではいかないようだ。

Chapter 4　拠点防衛戦

THE NEW GATE

砲撃の音を聞きながら、シンはパルダ島の空を行く。

走ればそれなりに時間のかかる距離でも、飛行に近い移動をすれば、さほど時間はかからない。

「奴の気配が急に近づいて来ている。配下だけ先行させたようだ」

今までほとんど動きのなかったヌヴァの気配が、今までの比ではない勢いで接近していると、アルマイズは言う。それを聞いて、シンは納得した。

「なるほど、互いに察知できるのを逆手に取ったのか」

ヌヴァ本体が動かないことで、敵はまだ近づいていないと勘違いさせられた。

パルダ島は移動しているが、今の速度だと、半日ほどで着くようだ。さすがにすぐ追いつくほど近くにはいなかったらしい。

島の各地には監視塔が造られている。灯台に似たそれは、モンスターや船舶の接近、不審な存在の発見など、島に近づくものをいち早く察知するために造られた施設だ。そこには、島の中央にある指揮所と連絡を取る設備があった。

シンはそんな監視塔の一つに降り立ち、中に入った。

警備に立っていた職員が少し緊張気味だったのは、今までのモンスターの襲撃とは段違いの規模だとわかっているからだろう。

指揮所の中では、壁一面に40セメルほどで区分けされた箱状の機器が並び、そこから伸びる管を、耳と口の二箇所に近づけてしゃべっている職員が多くいる。

魔力を使った遠距離通信魔道具、その名も『デンチャン』。

名前を聞いた時に、ネタ枠の道具が研究されたかとシンは一瞬頭を抱えたが、今の世界ではたとえネタ枠でも十分実用的だ。

まだ通信可能な距離も限られる上に魔力をドカ食いするとのことで、まだ普及は難しそうだが、防衛時に各地の情報を集めて伝達するのに、これほど役に立つものもない。

情報は一度島の中央にある指揮所に集められる。これは通信距離が短いため、中央を介してから別の場所に連絡する必要があるからだ。デンチャンは各監視塔に配備されており、何かあればすぐに連絡を受けられるようになっていた。

「どうぞこちらへ。すでに繋がっています」

シンは職員に案内されて席に着く。漏斗《ろうと》によく似たそれを耳と口に近づける。

「シンです。状況を教えてもらえますか？」

「ドルクだ。どうやら、いきなりモンスターの反応が現れたらしい。監視をしていた奴らも、突然海中から現れたと言っている」

聞こえてきたのはドルクの声だ。指揮所では各部門長が持ち回りで待機しているのだが、今日は彼が担当だったらしい。

「深海を進んできて、一気に浮上したんでしょうね。それなら、探知に引っかかりにくい」

シンたちのマップ機能は陸海空すべてに対応しているが、海中に関しては一定以下の深度にいるモンスターは表示されなくなる。深い海のすべてをカバーして表示すると、マップがマーカーだらけになってしまうからだ。

なお、海上にいる時に海中の深い範囲をマップに表示させるには、探知範囲を広げるソナーのようなスキルを使う必要がある。

「すでに機雷の散布を始めている。下から来るのなら、多少は効果があるだろう。砲撃の方は順調に効果が出ている。さすがはシン殿の御業によって作られた砲弾だ。我々のものとは威力が違うな」

島の各地に造られた監視塔を通じて、砲撃の効果が連絡される。現実世界のように、映像を伝達するまでには至っていないが、前線の光景を多少タイムラグはあれどもすぐに指揮所に伝えられれば、状況把握もしやすいし、より的確な指示を出せる。

「では、俺も偵察を兼ねて前線に向かいます。ヌヴァが来るまで半日ほどかかるようなので。もし砲撃での対応を上回られそうになったら、その時は防衛に回ります」

「そういう事態にはなってほしくないがな。いらぬ心配だろうが、力を温存するのは忘れんでくれよ？　ヌヴァについては、お主たちとアルマイズ殿が頼りだ」

「わかっています。肝心の奴を逃がすわけにはいきませんからね」

ヌヴァさえ倒せば、ヘビンとコーパスの殲滅はどうにかなる。

ある程度時間を稼げたおかげで、セルシュトースが途中参戦できそうなのだ。

「今のところ海上まで上がってきている敵の数はさほど多くないようだが、後続がどれほどいるかわからん。偵察、よろしく頼む」

「了解です。一旦海に入って、深い部分の様子も見てきます」

事前に敵が来る方面がわかっていたため、港の近くにも臨時の連絡所が設置されている。設備が劣っているわけではないので、偵察後の報告は前線に近い連絡所からになる。

「我もともに行こう」

「あまり力を使いすぎないでくれよ？　本番はまだ先なんだ」

攻撃を受けているが、戦いはまだ序盤だ。シンはドルクに心配されたことをそのままアルマイズに伝えた。

もともとアルマイズが出るのはヌヴァが現れてからと、打ち合わせで決まっている。

本番に備えて力を温存しておく必要があるのは彼も理解しているようだが、それはそれとして、じっとしていられないのもシンにはわかった。戦うにしても、障壁を抜けてきた敵を倒す際の援護に徹してもらうつもりだ。

監視塔を出たシンは、港にとんぼ返りする。砲弾が障壁に向かって飛んでいくのを視界の端に捉えながら、シンはアイテムボックスから魔導船を具現化した。

「ドルクさんとの話を聞いていたと思うけど、俺は一度海に潜って様子を見てくる。アルマイズはどうする？」

「……前に出すぎるのはやめておこう。気配を抑えながら、障壁を抜けてくるものの対処をする」

「わかった。しつこいかもしれないが、くれぐれも前に出すぎないように」

「承知している。それに、あまり力を使うと、敵をこちらに誘引してしまうかもしれんからな」

ボスがアルマイズを狙っているので、配下も寄ってくる可能性はある。

まだ敵の数が少なく、多少ばらけていることもあって、障壁への負荷はそれほどではない。

だが、アルマイズに的を絞って殺到するようなことがあれば、障壁の狭い範囲に高い負荷がかかる。それに耐えるために強度を上げると、その分エネルギーを使うし、装置への負担も増えてしまう。

ある程度分散しつつ、攻めてくる方向は同じ――これが一番対応しやすいのだ。アルマイズもそのあたりを考慮して動くつもりらしい。

「あとは念のため」

シンは召喚士の【従魔召喚《じゅうましょうかん》】スキルを使用して、ユズハを呼び出す。召喚用の魔術陣が浮かび上がり、ユズハが姿を現した。

――そしてその傍らには、シュニーの姿も。

「……また巻き込まれか？」

「そのようです。今回は私だけのようですが」

他に誰もいないことを確認して、シュニーがうなずいた。彼女はちょうど手伝っていた作業を終えたところで敵の襲来を告げる警報を耳にして、近くの監視塔へ向かっていたという。

ユズハはシンたちの仲間ではあるが、一応モンスターなので、シュニーが行動を共にしていたのだ。

なお、非常時はユズハを呼び出すと事前に伝えてあったし、シュニーは以前もユズハの召喚に巻き込まれているので、すぐに状況を察したようだ。

「俺はこれから水中の偵察に行く。ユズハにはアルマイズについていてもらいたいんだ」

子狐モードから2メルほどの大きさに体を変化させたユズハが、アルマイズに視線を向けながら言う。

「我慢できずに飛び出さないように、見張っておくわ」

「む、そのようなことは、せんぞ」

アルマイズは反論したものの、若干目が泳いでいた。

「私はシンにお供します。やってくるのが、配下を先行させた奇襲だけとは思えません。何か仕掛けてくるならば、海《した》か、空《うえ》でしょう」

「俺も同感だ。上の方は砲撃で対応できるはずだから、まずは下の確認だな」

パルダ島はゲーム時代に作られたものなので、障壁の設定もゲーム時のものが基本となっている。

島を覆う障壁は、上空もある程度の高さまでカバーしているので、海上と同じく足止めしてから砲撃するという手が使える。一方で、海中は地形によって水深に差があったり、障害物の存在があったりすることも考慮して、あまり深くまではカバーしてはいない。

また、海中の敵を迎撃する手段は少ないので、その補助も兼ねてシンは偵察に向かうつもりだった。

「アルマイズとの戦いにはフィルマも同行する予定でしたが、呼びますか？　彼女の装備なら、合流するのに時間はかからないと思いますが」

「近くにいるなら待つ。距離があるなら、途中で合流しよう」

シュニーの提案を受け、シンが【心話】で連絡すると、フィルマとはいくらか距離があることがわかったので、海上で落ち合うことに決まった。

シンたちは魔導船に乗り込み、すぐに発進する。

一度障壁の外に出ると戻ってくるのが少し手間だが、シンをはじめとしたパーティメンバーは、いざという時は転移結晶で転移するという手段があった。あるいは障壁内に戻らず、魔導船を拠点にしてもいい。それに、監視塔からの連絡はできなくとも、障壁内で防衛にあたるメンバーの誰かに伝言を頼むこともできる。

間もなくフィルマが合流し、シンは船を海中へと進める。

「さすがに島の真下にまでは来ていない……かな？」

シンは視界に作用するスキルを複数起動して見渡したが、ヘビンとコーパスの姿はない。それどころか、他のモンスターの影も形もなかった。

「念のため、水深の深い部分も感知できるようにしておきます」

「頼んだ、シュニー」

海中に潜ったことでマップに反映される深度も多少広がっている。だが、それでも海の深さに比べればまだまだその範囲は狭い。

シンは魔導船舶の舵を切りながら、背後でわずかな魔力が広がっていくのを感じた。シュニーが補助スキル【海中探知《マリン・ソナー》】を発動したのだ。

これは魔力を使ったソナーのようなものだ。現実のソナーは音波の反射で地形などを把握する技術だが、【海中探知《マリン・ソナー》】は音波の代わりに魔力を放出する。また、放出された魔力に触れたものを術者が把握することも可能だ。

ちなみに、かつてシンが、地下洞窟の構造を把握するのに使った【魔力波探知《マジック・ソナー》】も原理は同じで、地上用と水中用でスキルが分かれているだけである。

「船の中からじゃなくて、外に出てみるのはどう？　壁越しとは違う感覚があるかもしれないわよ。なんなら、あたしが外に出てもいいし」

経験上、戦場の気配をより近くで感じるには、建物の中より外の方がいいと言うフィルマの意見に、シンは同意を示す。

「肌で感じる感覚っていうのもあるしな。頼めるか？」

「任せて」

短く応えたフィルマは、外部に出るためのエアロックに向かった。

「今のところ、攻めてきているのは前方だけのようですね」

シュニーに探査結果を聞くと、とりあえずは通常の探知の届かない深海から攻めてくるということはなさそうだ。だがシンとシュニーの探知能力をもってしても、島の全域まではカバーできない。正面からではなく、大きく迂回《うかい》して別の場所から攻めてくるケースも十分考えられる。

「このまま探知を続けながら進んで、注目を集めない程度に敵と接触する」

偵察もそうだが、シンは敵の姿や能力が記憶にあるものと同じかどうか確かめるつもりだった。これまでも、ゲーム通りとはいかないモンスターを目にしている。能力が変化しているなら、その対策を立てるためにも、いち早く情報が欲しかった。

魔導船をモンスターが群がっている場所へ向かわせる。周りには何もいないので、最大船速で水中を突き進んだ。フィルマは外にいるが、外装を掴んだまま探知を続けると連絡が来ているので、回収はせずに船を進めた。

やがて、障壁越しにヘビンの姿が見えてくる。

「馬鹿正直《ばかしょうじき》に正面から攻めてくるか。でも、これだけ数がいると侮れないな」

どのあたりで海上に出るかは個体ごとに違っているようで、水中を進む個体と海上を目指す個体がバラバラに存在していた。

ゲーム時代は水中で積極的に戦闘をするタイプではなかった。それはこちらの世界でも同じようで、展開されている障壁に水中から攻撃を仕掛ける個体は見当たらない。

「少し距離をとって、一旦海上に出る。下の索敵《さくてき》は頼む」

「わかりました」

黒の派閥の撃っている砲弾に当たらない範囲まで移動して、シンは魔導船を浮上させた。

万が一にもモンスターと誤認されないように、【隠蔽《ハイディング》】のスキルも使っておく。

視界の先では、障壁に阻まれて上体を起こしたところを砲弾に撃ち抜かれているヘビンの姿がある。次から次へと浮上してくるので、ほとんど減っているようには見えない。シンが索敵できる範囲のモンスター数から見ても、まだ減少数は微々たるものだろう。

「……妙なのがいるな」

砲撃で倒れるモンスターの中に、シンの知らないものがいくつかいた。

コーパスの頭部に該当するだろう場所に、ヘビンに似た人形の上半身がくっついた、ケンタウロスのような姿のもの。コーパスを四足歩行型から人型に変えた姿のもの。コーパスが複数混ざりあって、足と頭が複数あるキメラとでも言うべき姿のもの。

ヘビンとコーパスが規則性なく歪《いびつ》に融合した姿の個体がちらほら見える。ヘビンとコーパスが融合したと思われる個体のレベルは400前後で、コーパス同士が融合したと思われる個体のレベルは600前後。

ある程度傾向はあるものの、形が一定でないのは、無理な融合をしているからだろうかと、シンは思考を巡らせる。この状況でどんな能力を持っているのかわからない敵が増えるのは厄介だ。

砲撃で倒せている個体もいるが、どちらかといえば体を伸ばして砲撃を弾いている個体の方が多い。

「知能が上がっているのか。それとも本能的に迎撃しているだけか」

これらの融合個体が通常個体より強いのは間違いない。シンはすぐにシュバイドたちと【心話】を繋ぎ、指揮所に連絡するように伝えた。見た目や能力だけでなく知能も上がっていれば、真正面以外から攻めてくる可能性も高まる。

「仕掛けますか？」

シュニーの問いに、シンは首を横に振る。

「能力は確かめておきたいが、思ったより砲撃が激しい。無理に突っ込むのもな。今のところ、心配だった海底からの接近は見当たらないから、警戒しつつ動きを観察しよう」

「わかりました。心配はありますが、大元を叩かなければ終わりませんからね」

蹴散らしに行きたいところだが、真に倒さなければならない相手はまだ来ていない。ドルクたちにも、ギリギリまで任せるように言われている。

障壁から距離を取っているので、シンの耳には砲撃の着弾音がわずかに聞こえるだけだ。モンスターが倒れていく様子は【遠視】のスキルで確認できる。同時に、障壁が消耗しているのもわかった。砲撃を集中していても、雨のように降らせるとまではいかない。ゆっくりと、だが確実に、障壁が消えるまでのタイムリミットが近づいている。

開戦から時間が経ち、砲撃の勢いが弱まっていた。それに合わせて、シュバイドとミルトが出てくる。

魔導兵器であっても無限に砲弾を撃ち続けることはできない。砲撃の反動による耐久力の減少などもあり、砲身の冷却や交換、その他にもパーツの整備や修復が必要なのだ。

用意した兵器類は一度にすべてを使わず、交代で運用しているが、効果的に弾幕を張るためにはある程度の数が必要になる。島中の兵器を導入しても、常にモンスターをせき止めるだけの砲撃をすることはできない。

その「間」を埋めるために、シュバイドとミルトが出てきたのだ。

「頼むぞ。二人とも」

前に進む二人を見ながら、シンはつぶやいた。

†

海を駆けながら、シュバイドとミルトは大技の準備をしていた。シンの手によって強化された装備の効果で、自身でスキルを使わずとも海上を移動できる。

シュバイドはしぶきを上げながら力強く、ミルトは精霊術の補助で滑るように海上を進む。

砲撃の密度が落ちたことで、障壁を破ったモンスターが島に進んでいる。自動修復機能を強化してあるので、たとえ突破されてもすべての障壁が消えるわけではないが、虫食いのように破られる部分が増えていく。このままでは、あってないような状態になるのも時間の問題だ。

「最初から全開で行くよ！」

「無論！」

ミルトの『オルドガンド』とシュバイドの『凪月《なぎつき》』が眩《まばゆ》い輝きを放つ。離れていてもわかるその輝きに押されるように、モンスターたちの進行がわずかに鈍った。

先に攻撃を放ったのはミルト。

輝くエフェクトは眩い炎に変わり、刀身から伸びたそれは獲物を求めて猛る。担ぐように構えたオルドガンドを横に薙ぐと、扇状《おうぎじょう》に広がった炎が障壁に群がるモンスターに襲いかかった。

炎術槍術複合スキル【至伝《しでん》・ヴァナアグニ】――かつて大公級の瘴魔《デーモン》すら焼き払ったフィルマの【迦具土《かぐつち》】と同格のスキルだ。

燃え盛る炎が大きく広がり、ヘビンたちを焼き尽くしていく。

標的を定めずに大きく広がるように放たれた炎は、まるで意思を持つかのように効果範囲を広げ、マップ上の敵性反応をごっそりと削っていた。

通常個体よりも融合個体の方がやや燃え尽きるまでに時間がかかるが、それでも耐えきる個体はいない。炎がかすめただけでも、その周辺が灰と化すほどの熱量だ。一般的なスキルなら海水で濡れた相手には少なからずダメージ減少効果が出るが、至伝級のスキルの前ではただの海水などなんの障害にもならない。触れるより先に蒸発し、消えるのみだ。

「前より威力が上がってる。訓練の成果もそうだけど、シンさんがやってくれた装備強化の効果もありそうだね」

焼き尽くされていくモンスターを見て、ミルトはスキル威力の上昇を実感する。至伝級のスキルは簡単に試すことができないので、威力を確かめるのが難しい。今回は周囲の被害を気にする必要がなく、威力が上がっていてもなんの問題もないので、最初から全力で放っていた。

シンが装備を強化した影響か、舞い散る火の粉にまでダメージ判定が発生している。火の粉が触れただけでヘビンの全身に火が回って灰になっていく様を見てミルトは思わず驚きを口にしたのだ。彼女の知る【ヴァナアグニ】に、ここまでの威力はなかったはずだった。

あまりの威力と範囲に、モンスター側も反応する。情報の共有でもされているのか、海中から上がってくる数が急速に増えていた。いくら至伝級のスキルといえども、その効果は永続ではない。モンスターたちは、その圧倒的な数を犠牲にすることで、ミルトのスキルを押し止めようとしているように見える。

しかし、ここにいるのはミルトだけではない。炎によってできた空間に、シュバイドが踏み込む。

『凪月』から放たれていたエフェクトの輝きは暴風へと変化し、空へ向かって伸びていく。わずかに残ったエフェクトの輝きが、その長大さを見る者に理解させる。

「ふんっ‼」

シュバイドは大きく振りかぶった『凪月』を横薙ぎにする。

――三種混成複合スキル【餓風薙《がふうな》ぎ】。

嵐を圧縮したような暴風が、炎を押し止めようとするモンスターたちに襲いかかった。

最初に被害を受けたのは、シュバイドを狙おうと近くに浮上していた融合個体たちだ。

シュバイドからすれば見上げるような巨体の群れを、荒れ狂う無色の牙が粉砕していく。

【餓風薙ぎ】に込められたのは風術、土術、槍術の三種。風と土の二種類の力を槍術の形に圧縮して放つ範囲攻撃だ。風の速さを有しつつも土のごとき重厚さを併《あわ》せ持つ魔風は、圧縮されたことでより威力を増す。

効果範囲に入ったモンスターは、体の端から粉砕機にかけられたように粉々になり、消えていく。

一薙ぎすれば槍術の圧縮効果は切れてしまうが、その威力は圧倒的。【ヴァナアグニ】によってできた空間が、【餓風薙ぎ】によってさらに広がっていた。

影響はそれだけに留まらない。【ヴァナアグニ】の炎を【餓風薙ぎ】が後押しする。

もともと炎と風は相性が良い。炎術と風術を組み合わせれば威力が上がるのは【THE NEW GATE】の魔術を使うプレイヤーならよく知っている。

それを至伝級のスキルで、さらに古代級《エンシェント》の武器と最高クラスのステータスで再現すればどうなるか。

答えは消えていくモンスターたちが教えてくれた。

【餓風薙ぎ】で放たれた魔風が、【ヴァナアグニ】の炎と混ざり合いながら広がっていく。わずかずつ効果が下がっていた炎が勢いを取り戻し、舞い散る火の粉までもが威力を増していた。

そもそもシュバイドとミルトの武器自体が、シンの手による特別製。サポートキャラクター用として『凪月』についている、協力して放つスキルの効果を高める能力を、『オルドガンド』にも事前に付与している。

今回は協力用のスキルではないが、属性の相性と武器の補助効果も相まって、ダメージも範囲も二人の知るものとは桁違いになっていた。

「ここが海で良かったよ。そうでなきゃ、あたり一面焼け野原になってたね」

「うむ、ここまで強力になるとは、予想していなかった」

軽口を叩き合いながら、ミルトとシュバイドは武器を構え直す。

圧倒的な効果を及ぼした【ヴァナアグニ】と【餓風薙ぎ】。しかし、それによって倒されたモンスターは、みるみるうちに補充されていく。海中から上がってくるモンスターの数はさらに増え、空いていた空間も敵の大群で埋まっていった。

「さすがにシンさんが警戒するだけのことはあるね。減らした分があっという間に補充されちゃった」

「我らの役目は本格的な砲撃が再開するまでの時間稼ぎだ。焦らぬようにな」

「わかってるよ。合図があったらすぐに下がる」

魔導兵器の本格稼働が始まる時は、閃光弾《せんこうだん》が打ち上げられる手はずになっている。ドルクは三十分でどうにかすると言っていた。

今のところ、砲撃も十分効果を上げている。ここまでは、まだ想定の範囲内。

別働隊がいても対処できるように、準備をしてきた。

焦らず、できることをする。

シュバイドとミルトは迫ってくるモンスターの大軍を前に、再び武器にスキルを纏わせた。

†

戦闘が始まって三時間ほど経過した頃、島の指揮所では緊張感の中にもわずかに安堵《あんど》の気配が流れていた。これまでの準備に加えて、シュバイドとミルトの活躍もあり、大きな問題なく事態が推移していたからだ。

まだ敵の親玉を倒したわけではないが、このまま冷静に対処を続けていけば、十分な時間を稼ぐことができる。そう判断できるだけの情報が、指揮所に集まっていた。

「お前ら！　油断すんじゃねぇぞ！」

ドルクは緩みそうな空気を感じて一喝する。敵は御業を伝授されたシンが警戒する相手――このまま何事もなく終わるとは思っていなかった。

シンからの連絡で、ヌヴァが配下を先行させるという戦術をとってきたと聞いた時、絶対に何かしてくるとドルクは確信していた。

（今の状況も、シン殿やパーティメンバーの方々がいなければ、とっくに障壁は破られていただろう。すんなり終わるなんてとても――）

腕組みするドルクのもとに、監視塔からの報告が入る。

「島の北部から緊急連絡！　報告のあった形状の違う個体が、障壁に取り付いているとのことです！　数は目視できる範囲で、二十体ほど」

「攻められているのとは正反対の位置か。ただのモンスターの動きじゃないな。監視塔から座標は来ているか？」

「連絡網異常なし、座標来ています！」

「よし、まとめて予備部隊に連絡しろ！　他の監視塔にも、警戒を怠《おこた》るなと伝えろ！」

指揮所内がにわかに騒がしくなる。ドルクは通信用機材が正常に稼働していることに安堵しつつ、残る部隊と敵の狙いを考えながら地図を睨んだ。

（別の場所を襲撃してくる可能性は考えていた。しかし、一箇所だけか？）

ドルクがそう訝しんだ矢先に、連絡を受けた職員が動揺した様子で新たな報告をしてきた。

「ま、また、緊急連絡です。北部だけでなく、南東、南西、大群が押し寄せているのとは別のエリアのあちこちで、少数による襲撃を受けていると」

「ちっ、数の優位をわかっているな」

範囲が広すぎて、予備の部隊だけではとても手が回らない。ドルクはわずかな逡巡《しゅんじゅん》の後、待機しているセティたちに連絡をするように、職員に言った。

†

融合個体少数による、広範囲の襲撃。その連絡を受けて、セティはパーティに【心話】を繋いで情報を共有した。

『私とティエラちゃんがカゲロウに乗って倒してこようと思うんだけど、どうかしら？』

『敵はこちらの戦力を分断する気か、それとも戦力を把握するのが目的か。いずれにせよ、このまま融合個体が島に上がれば、被害は甚大《じんだい》なものになる。予備戦力ではカバーしきれない以上、向かわせるしかあるまい。今のところ、群れの本体は我とミルト殿、砲撃の制圧力で対処できている』

『防衛部隊の人には悪いけど、それが一番効率が良さそうだね』

セティの提案に、前線でモンスターを抑えているシュバイドとミルトが賛同した。

モンスターを短時間で撃破する攻撃力、広範囲をカバーするための機動力、複数を同時に倒すことのできる制圧力。カゲロウの背に乗って移動し、セティとティエラが遠距離攻撃を行えば、それらの多くを網羅《もうら》できる。

『私は防衛部隊の人たちと待機してる。この先、範囲攻撃を避けて進んでくるような個体がいないとも限らないから』

アルマイズとともに一旦防衛部隊と合流していたユズハが、【心話】でシンに語りかけてくる。さすがに今は大人モードだ。

パルダ島の防衛部隊の実力を疑うわけではないが、武装やステータスを考えると、誰かが残っていた方が何かあった時に対処しやすい。ユズハならサポートも攻撃も万全だ。

シンもセティたちの考えは妥当なものとして承諾した。

『人選は、まあそうなるよな。防衛部隊の人たちは何か言っているか？』

『隊長さんは申し訳なさそうだったけど、異論はないってさ』

『わかった。セティ、ティエラ、そっちは任せる』

『了解よ』

『任せて』

セティは【心話】を解くと、ユズハに頭を下げる防衛部隊のメンバーにうなずき返してから、ティエラに近づく。ティエラが状況を説明していたようで、カゲロウは一声吠えると本来の姿に戻った。

防衛部隊のメンバーが少し動揺しているのが、背中越しに伝わってくる。

本来のカゲロウは見上げるほどの巨体だ。神獣が持つ重々しい気配と合わされば、危険がないと聞いていてもつい体が反応してしまう。

そんな警戒心も、伏せたカゲロウの背にティエラが飛び乗れば霧散《むさん》してしまうのだが。

「さて、私もお邪魔するわ。カゲロウ、よろしくね」

カゲロウに声をかけて、セティもその背に跨《また》る。鞍《くら》のような騎乗用の道具はないが、騎乗スキルのおかげでバランスを崩すことはない。

まずは近いところから。ティエラの指示を受け、カゲロウが力強く駆け出した。

強靭《きょうじん》な脚力が巨躯《きょく》を一瞬で最高速度まで加速させる。一部舗装された地面を砕いたが、そこは必要経費としてもらうしかない。

高速移動時の風の音のせいで声が聞こえにくいので、セティは【心話】を使ってティエラに意図を伝える。

『山道は私が空中に障壁を出すから、それを足場にするようにカゲロウに伝えてもらえる？』

『わかりました』

シンが空中に足場を作って移動するスキルの回数制限が外れたと言っていたので、実際に見せてもらい、似たようなことができないか試した結果だ。

足場を作る位置や障壁の大きさの調整が難しく、セティでも空中で自在に動けるわけではない。ただ、カゲロウのような大型モンスターが数回跳ぶくらいの大きな足場として、乗りながら障壁を展開するくらいなら、簡単にできる。

「いくわよ！」

カゲロウに意図が伝わったのを確認したセティは、見えやすいように大きめに障壁を展開する。それめがけてカゲロウが大きく跳んだ。今のカゲロウの本気の跳躍がどの程度かわからないので、ある程度の間を開けて複数展開する。

カゲロウはそれらの中から自分で選んで足場にしていった。

高い山や曲がりくねった道路しかない部分をショートカットし、セティたちは最も近い襲撃ポイントに数分で到着する。

島の障壁を叩いているのはすべて融合個体だ。数は六体。群れの本体に障壁を集中している関係で、反対側のエリアは、第一障壁と第二障壁の間隔が狭い。第一障壁が破られる寸前というのもあって、すぐ近くまで来ている圧迫感がある。

監視塔の近くを通った際にセティが見た監視員の顔は、ひどく強張《こわば》っていた。

「動きを止めます！」

移動中から狙いを定めていたティエラが、スキルを発動させながら複数の矢を同時に放った。

彼女はスムーズな動作で次の矢を番《つが》えると、すぐに別の個体に向けて射る。スキルと武器の補助を受けた矢は、モンスターとの距離を数秒で飛翔した。融合個体が気づいて弾こうとしたが、矢は壁に張り付く個体の手前で込められていた力を解放する。

水術弓術複合スキル【凍て撃ち《いう》】――矢が爆《は》ぜるとともに水が撒き散らされ、しぶきが融合個体に降り注ぐ。霧《きり》にも見える細かな水滴は、融合個体に触れた瞬間、一気に凍りついた。体の表面を魔力で作られた分厚い氷に固められ、ティエラの言葉通りその巨体が動きを止める。

そこへ、セティが魔術を撃ち込む。火球、電撃、風による斬撃、土槍、氷槍、光線。複数の属性の攻撃を個体ごとに分けて放ち、どれが一番効果的か観察した。より効率的に倒すためには弱点がわかった方がやりやすい。

融合個体はそれぞれ形が違うため、耐久力にも個体差があるのは予想できる。

そのためセティは、コープス同士が融合したと思《おぼ》しきレベルもＨＰも一番高そうな個体に、電撃を放った。これに他よりもダメージが通れば、効果的と言えるだろうと彼女は考える。

「一応、雷属性が一番効くのは間違いなさそうね」

雷撃を浴びた個体は、ＨＰの減りが他よりも二、三割は多い。海水で濡れているのもあるだろうが、ダメージが通りやすいのは間違いなさそうだ。

「……これ、私、いらなかったんじゃ」

ダメージに差があったとはいえ、すべての個体が一撃で撃破されているのを見たティエラのつぶやきが、セティの耳に届く。

「こら、そういうこと言わないの。ティエラちゃんも十分役に立ってるわ。ほら、次に行くわよ」

「は、はい」

ゆっくりしゃべっている時間はない。次のポイントに移動しつつ、セティは【心話】でティエラに語りかけた。

『ねぇ、ティエラちゃん。あなた、自分はまだまだ力不足で役に立てないって思ってない？』

『え、それは……』

つぶやきは無意識のものだったのだろう。ティエラの声音から、独白を聞かれた後ろめたさよりも、図星をつかれた動揺の方が強いとセティは感じた。

『突然ごめんね。なんだか自信をなくしているみたいに見えたから』

『いえ、間違ってはいませんから』

『さっきのスキル。私の攻撃を確実に当てるために足止めを選んだでしょ？　その判断は間違ってないし、しっかり全員の動きを止めていたわ。そのおかげで、私も余裕を持って魔術を撃てた。声掛けもできていたし、十分役に立ってるわよ』

『それは、そうなんですけど』

ティエラの返答に、なんとなく思っていたことが該当しそうだと思ったセティは、カゲロウの足場を出しつつ言葉を紡《つむ》いだ。

『……最初から一撃で倒せたら、かしら？』

セティの指摘に、ティエラの方がピクリと反応した。

ティエラの力は、この世界基準ならすでに最上級の域に達しつつある。

しかし周りにいるメンバーが、能力の限界を超えたハイヒューマンや、それに次ぐ力を持った配下、ハイヒューマンとともに戦場を駆けた元プレイヤーといった、上澄み中の上澄みだ。いくらティエラが強くなっても、上が遠い。

『大丈夫よ。今はまだ、力を完全に制御できていないだけ。シンたちから聞いたけど、私の見立てでも、ティエラちゃんの力はまだ完全じゃない。魔力の制御も不完全』

『うぅ……』

『でも、それはまだ伸びしろがあるってこと。私たちだって、ここまで強くなるのに何年もかかってるのよ？　力に目覚めて一年も立たずに追いつかれたら、それこそ立つ瀬がないわよ』

穏やかな口調で、セティは語る。

『焦る気持ちもわからないわけじゃないわ。私も、シュニー姉様との差を感じることはあるもの』

『セティさんでも、ですか？』

ついシュニーの呼び方が昔に戻ってしまったが、セティはティエラの雰囲気が変わったのを察してそのまま続ける。

『今のシュニー姉様は、私とほとんど同等といっていい魔術の技量と、フィルマやシュバイドにも匹敵する近接戦闘の技量を併せ持ってる。戦闘力って意味じゃ、サポートキャラクターの中で頭一つ抜けてるわ。シンと揃ったら、私たちいらないんじゃないって思うこともある。それくらい、特別なの』

『……』

『でもね。いくら個人の力が強くても、どうにもならないことがある。私たちは他人よりやれることが多いけど、何でもできるわけじゃない。それはシンやシュニー姉様も同じ。だから、自分を卑《ひ》下《げ》するのはやめなさい。それはあなたの成長の妨げになるわ』

ティエラの体から、わずかにあった強張りが消えた。

少しは年長者としての役目を果たせたかなと思いながら、セティは最後に少し軽い口調で言う。

『それに、せっかく近くで見ていられるんだもの。いつか追いついてやるくらいの気持ちでいなきゃね』

『ふふっ、そうですね』

笑えるくらいの余裕ができた。それに内心ほっとしながら、セティは視界に捉えたモンスターに意識を切り替えた。

†

セティとティエラが敵の別働隊の対処に向かってから、さらに一時間。

戦況は徐々にとモンスター側に傾いていた。

無尽蔵《むじんぞう》とも思えるその数を前に、魔導兵器のメンテナンスが間に合わなくなり、そこへ多方面からの襲撃。セティとティエラが迎撃に出るだけでなく、予備の戦力も回しているが、さすがに対応すべき範囲が広すぎた。敵は断続的にやってくるため、一度撃破しても終わりではなく、討ち漏らしが第一障壁を突破して第二障壁に取り付きつつあった。

「待つだけっていうのは、きついな」

「はい。ですが、ここで動くわけにはいきません」

「歯痒《はがゆ》いわね」

歯噛《はが》みするシンに、シュニーとフィルマが応えた。

正面はシュバイドとミルトが奮戦し、討ち漏らしが出てもユズハや防衛部隊が前に出てそれを倒す。それ以外のモンスターも、第二障壁は強度を重視しているので、取り付かれても破られる前にセティたちが対処できていた。

ただ、現状を見ながらも手が出せないことが、シンには歯痒かった。ヌヴァが来るまでの時間的余裕があるなら参戦も考えたが、もうそれほどないはずなのだ。

「時間的には、そろそろ来てもいいはずなんだけど」

視線をモンスターたちの後ろへ向けながら、シンはつぶやく。

ユズハを経由してアルマイズに確認したので、近づいてきているのは間違いない。問題は、それまで防衛側が持つかということだ。

「アルマイズが出てくるのを待っているのでしょうか」

「可能性はあるんだよな。ヌヴァに人並みの知能があれば、アルマイズが人と協力関係にあるのはすぐにわかる。配下を先行させているのだって、協力者を疲弊《ひへい》させる作戦だったとしたら、まさに今の状況だ」

どうやってこちらの戦力を探ったのかという疑問はあるが、もしかすると今まさにそれをやっている最中という可能性もある。

アルマイズから「自分が前に出て、ヌヴァをおびき寄せる」と提案されたが、そう単純な話ではない。

シンがヌヴァなら、自分は出ずにモンスターの大群をひたすらぶつけて削り殺すだろう。

自ら手を下すことにこだわっていれば話は別だが、そうでなければ、相手に正確な位置を補足されていない利をわざわざ捨てる理由がない。

「居場所さえわかれば、こっちから打って出られるのに」

フィルマが愚痴《ぐち》るのも仕方がないだろう。

大まかな方向しかわからない状況では、打って出たところでヌヴァを捕捉できる保証はない。

海は深く、【海中探知《マリン・ソナー》】でも探査距離には限界がある。探知スキルの届かない深度を進まれると、発見できずにすれ違う可能性も高かった。

「……シン、アルマイズが提案した囮作戦ですが、少しやり方を変えれば、ヌヴァをおびき出せないでしょうか？」

「やり方を変える？」

シュニーが提案したのは、アルマイズの幻影を前線に出し、弱ったふりをさせるというものだった。これならば失敗してもアルマイズが手傷を負う心配はなく、すぐに実行できる。

「いいんじゃない？　失敗すると警戒させちゃうだろうけど、この状況じゃ大して変わらないわ」

フィルマはこの案に賛成のようだ。

「そうだな。やって損はないか」

時間が経つほど、こちらが不利になる。ヌヴァに作戦を見抜く能力や知能があるかどうかは賭けになるが、このままでは本当に囮にしなければならなくなるかもしれない。

シンはユズハに【心話】を繋ぎ、アルマイズに敵に幻影を見せつつ、弱った演技なり、気配を抑えるなりができるか確認した。

「その程度であれば容易《たやす》い。元より一度骨になった身だ。気配だけとはいえ、迫真の演技を見せよう」

頼もしいと思っていいのか少し迷うアルマイズの返答に苦笑しつつ、実行する場所やタイミングを決めていく。もともと骨から復活した時から力と気配は抑えていたようなので、ある程度解放してしびれを切らしたように見せることは可能だろう、とアルマイズは言った。

やるならばやはり、モンスターの多い最前線。幻影を纏ったユズハがモンスターと戦い、アルマイズが戦闘しているように見せかける。あとはわざと攻撃を受けたふりをして、弱った演技をするだけだ。

ヌヴァがヘビンやコーパスの視界を共有している可能性もあるので、シュバイドとミルトにも協力を仰《あお》ぐ。

ミルトを通じて防衛部隊や指揮所メンバーとも情報を共有、次の魔導兵器のメンテナンスのタイミングで、決行すると決まった。

海の彼方《かなた》に目をやりながら、シンはつぶやく。

「引っかかってくれよ」

それから三十分ほど経過し、作戦が始まった。砲撃の数が減り、進んでくるモンスターに向けてシュバイドとミルトが突っ込む。

ここで広範囲に効果を及ぼすスキルを使うのが定番だが、消耗していると思わせるために、あえてスキルの威力を落として放った。

戦闘開始初期と比べると半減しているくらいの威力。当然、倒しきれなかったヘビンにコーパス、さらに融合個体が第一障壁を突破して島へと進んでくる。二人は連続してスキルを放ってモンスターを倒しはするが、押し寄せる数を減らすには手数が足りない。

障壁を破り、次々とモンスターが障壁内に入ってくる。そこへ、今までになかった咆哮が轟《とどろ》いた。

『GuOOOOooooーー!!』

大気を震わせながら姿を見せたのは、小竜状態をそのまま巨大化させたドラゴン、アルマイズだ。もちろん偽物である。ただし、攻撃を受けた時の手応えも誤魔化すために、海水を使って実体があるように見せるという細工がされていた。これは作戦を聞いたセティの案である。

偽アルマイズが大きく口を開けると、そこへ青い光が集束する。それを見たシュバイドとミルトが巨体の横へ素早く移動した。

数秒の後、青い閃光となって放たれたそれが、モンスターの大群を薙ぎ払う。

海を主な棲息域としているアルマイズは、海上の相手と戦うために光属性のブレスを使用できたので、それを再現した形だ。

エネルギーを圧縮して放つ閃光は直径にして1メルもない。その巨体からすれば酷く細いが、広範囲を薙ぎ払った閃光は、減衰することなく射程内すべてのモンスターを、まるで名刀の一撃のごとく真っ二つにしていた。

「本当にブレスを使っているみたいだ。ユズハの奴、やり方でも習ったのか?」

今見えている姿はあくまでも幻。ブレスも威力はともかくとして、見た目はユズハが自分の力でそれらしく見せているだけである。ただ、力の集束の仕方が今まで見てきたものとは少し違う気がして、神獣同士の技術供与でもあったのでは、とシンは思った。

「モンスターが幻《まぼろし》に集まりだしていますね」

「ああ、ここまでは作戦通り」

ヌヴァから指示が来たのか、それとも最も危険な相手を狙うようになっているのか。シュニーが言った通り、障壁を抜けてきたモンスターが、偽アルマイズに吸い寄せられるように集まってきていた。

シュバイドやミルトが出ていた時には、二人を無視して島へ向かおうとする個体がいたが、今回はそういった個体は皆無《かいむ》。示し合わせたように偽アルマイズへと殺到する。

ブレスを放ち、群がるモンスターを薙ぎ払う偽アルマイズ。しかし、そのブレスも次第に範囲が狭まり、自身も後退していく。シュバイドとミルトが援護に入るが、それも一時的に拮抗《きっこう》しただけで、すぐに押されだした。

融合個体から伸びた鋭《するど》い触手が槍のように撃ち込まれ、シュバイドを盾ごと跳ね飛ばす。かと思えば、鞭《むち》のようにしなり、先端が霞《かす》むほどの速度でミルトを打ち据えた。

「っ‼」

演技だとわかっていても、離れて見ているシンの手が思わず腰の得物に伸びた。

シュバイドは盾で、ミルトは武器で、それぞれうまく防いでいて、苦戦しているように見えてもダメージはしっかり抑えている。

それでも仲間が押されているのを見続けるのはこたえた。

「シン……」

シュニーがそっと、得物を握るシンの手に自身の手を添える。

まだ早い。シンはそれを理解しているし、飛び出すような真似はしない。ただ、わかっていても、表情が険しくなるのは止められなかった。

シュバイドとミルトが距離を取ると、攻撃が偽アルマイズに集中する。触手だけでなく、融合個体が黒い球体のようなものを飛ばして攻撃していた。

禍々《まがまが》しい気配はするが、それが瘴気ではないことを、今までの経験がシンに教えてくれる。おそらくは呪いの力がこもっているのだろう。ヌヴァのことを考えれば、その方が納得できる。

幻が、傷と飛び散る血を再現する。シンの目にはダメージを受けて弱ったアルマイズが、力を振り絞って倒れまいとしているようにしか見えない。

シンは少しでも索敵範囲を広げようと、意識を集中する。

しかし、スキルもマップも、ヌヴァの反応を見つけられない。このまま傍観《ぼうかん》するしかないのか。

そう思いながら集中を高めていたシンの感覚が、妙な気配を捉えた。

「なんだ……何か、いる……」

探知に集中したからこそ気づけた。偽アルマイズに群がるモンスターたちの気配が、最初に感じたものと違っていることに。

今もなお集まってくるモンスターたち。それがまるで、一つの生物のように同一の気配を放っていた。

——何が起こっているのか。その様子と気配にハッとしたシンは、シュニーたちに声をかけると、最大船速で船を発進させた。

「シン、これはまさか」

「そういうことなの？」

シンのつぶやきに反応して探知に集中したシュニーとフィルマも、同じものを感じたのだろう。際限なく密集し、互いの体を足場にどんどん高さを増していくモンスターの集団。それらは徐々に別の形を取り始めていた。

「遠くにある気配は、囮だったみたいだな。まさか、ああやって出現していたとは」

視線の先で、モンスターの輪郭がぼやけた。

形を失ったモンスターたちは、溶け合って一つの形を作り出す。

刃のごとき鋭く強靭な鱗に覆われた、見上げるほどの巨躯。その先端についている頭部には虚ろな輝きを宿した目が四つ。ウツボにも似た口に十字の切れ目が入ると、四つに分かれてガパリと開く。

乱杭歯《らんぐいば》と暗闇のような口腔を見せつけながら甲高《かんだか》い咆哮を上げたのは、戦いのメインターゲット——『貪るもの』ヌヴァ。

所在のつかめなかった存在が、今、姿を表した。

「くそ、最初からその姿だと思ってたぞ！」

視線の先で、偽アルマイズがヌヴァによって噛み砕かれた。ダメージが大きすぎたようで、幻を纏わせていた海水は元に戻ってしまった。

閉じた口からバシャバシャと海水をこぼしながら、ヌヴァの動きが止まる。幻を本物だと思っていたのだろう。四つの目がせわしなく周囲を見回し、アルマイズの姿を探している。

そして、そんな隙を見せられて何もしないほど、その場にいる神獣たちは大人しくなかった。

偽アルマイズがいた場所から50メルほど後方で、強大な力が解放されたのと同時に、青い閃光がヌヴァの頭部を襲った。

偽アルマイズが放っていたものよりも透明感のある青い光だ。シンがいる位置からは、それが扇状に広がっているのが見えた。

ちょうどヌヴァの頭部を覆うほどの広がりを見せた光の奔流《ほんりゅう》。その流れに押し出されるように、ヌヴァが後退する。光にさらされた部分は多くが焼け焦げており、左の目も一つ焼けて潰れていた。

ダメージ量は多くないので、一点集中でかわされるよりも、確実に傷を与えることを優先した攻撃だ。

アルマイズが体を巨大化させ、戦闘態勢に入る。

ヌヴァも今度は本物と確信したようで、逃さんとばかりに咆哮する。

シンたちにとって予想外だったのは、それが威嚇《いかく》や威圧を目的としたものではなかったことだ。

もはや衝撃波と言っても過言ではない音の壁が、大気を伝って拡散する。

大気が、海が、割れるような怪音に、今度はアルマイズが後退した。

少し距離があるはずのシンたちの乗る船までもが、宙に浮いてひっくり返るほどの威力だ。

転覆するのがわかった瞬間、シンは船をアイテムカードに戻した。

こちらのダメージはほとんどないが、至近距離で音波を受けたアルマイズは、少しふらついている。

「俺が知っているものより、桁違いに威力が高い。近くで受けるとやばいな」

「息を吸い込む動きがあるので、それに合わせて防御する必要がありますね」

「音で気絶って、装備の効果で無効にできる？」

シン、シュニー、フィルマの三人は海上を疾駆《しっく》しながら対策を講じる。

「無理だろうな。状態異常無効の対象は、アイテムや魔術そのものに気絶させる効果があるものだけだ。一度に大ダメージを受けて意識を失うような時は効果がないと聞いてる。だから、さっきみたいな音による副次的な気絶も多分無効にできないと思う」

フィルマの確認に、シンは今まで集めた情報を元に返答した。状態異常無効のついた装備は、所有者がたいてい元プレイヤーなので、情報源も信頼できる。

ダメージによる気絶が有効なのは、ミルトも同意していた。

「援護したいけど、間に合わないわね」

フィルマが悔しそうにつぶやいた。

視界の先では、ふらついているアルマイズにヌヴァが迫っている。

魔術にしろ、武器にしろ、シンたちの位置からでは遠すぎて援護が届かない。障壁の外から来ると思って、距離を取っていたのが仇《あだ》になった。

「いや、大丈夫だ」

シンは確信めいてそう言うが、今度こそアルマイズを噛み砕こうと、口を開いてヌヴァが迫る。

その眼前に、突如小さな火球が現れた。

ヌヴァからすればあまりにも小さい、点のようなもの。警戒する様子もなく、ヌヴァは火球ごと呑み込もうと速度を上げた。

『解放』

シンの耳に、凛《りん》とした声が響く。同時に、木っ端《こっぱ》のごとき小さな火球が、突如として膨れ上がる。

かわすにはあまりにも近すぎた。金色にも見える輝きがヌヴァの口内へと吸い込まれ、一瞬の間を置いて爆発する。

熱と衝撃が周囲に撒き散らされ、近くにいたヘビンやコーパス、融合個体が残らず消し飛んでいく。

事前にわかっていたシンは、障壁を展開してシュニーとフィルマを守っていた。

「一撃で吹っ飛んでるじゃない」

爆発の障壁をやり過ごし、改めてヌヴァを見たフィルマが、呆れたような声で言う。

ヌヴァの口内で爆発した火球はその頭部をまるごと吹き飛ばし、海上に出ている胴体まで半ば消滅させていた。

あまりの威力に大波が立っている。島の海岸線の被害が心配になったシンがそちらを見ると、シュバイドとミルトが障壁を展開して、少しでも波を弱めようとしていた。

これほどの火球を放ったのは、攻撃に参加せずに力を溜めていたユズハだ。

火球の正体はエレメントテイルの必殺技の一つ、【慈悲《ジヒ》ナキ太陽《タイヨウ》】——ゲーム時代も圧倒的な火力で広範囲の敵を蒸発させる、まともに受ければパーティ全滅確定のモンスター専用スキルだった。

こちらの世界では初めて見たが、ヌヴァの咆哮に負けず劣らずで、シンの知るものより威力が上がっている。

フィルマの言う通り、これで終わったのではと思ってしまう状況だ。

ただ、ヌヴァの放つ奇妙な気配は、まだ消えていない。その感覚を軽視するほど、シンは油断していなかった。

「そう簡単には終わりませんか」

シュニーのつぶやきを聞きながら、シンはヌヴァの体が復元されていくのを見ていた。まるで映像を逆再生しているような、異常な再生速度。ＨＰも全快だ。

「いくらなんでも速すぎない？」

「俺も知らない能力だ。さっきの咆哮はまだしも、あれだけの再生速度なら記憶に残るはずなのに」

ゲーム時代も時間経過でＨＰが回復していく仕様はあったが、それは魔導兵器のような、一部のプレイヤー以外の攻撃手段を受けると回復するというものだった。

ユズハはシンのパートナーモンスター。その攻撃は回復の対象外のはずである。

あくまでプレイヤーが直接倒せという運営の意図だったが、こちらではそうでもないのか。それとも、神獣のユズハはパートナーモンスターに含まれないのか。

「わからないことは後回しだ。あの姿がそもそも仮初《かりそ》めのものか。それとも核みたいなものが別の場所にあるのか。もう一度倒して様子を見させてもらおう」

海上を駆けてきたシンたちの射程内に、ついにヌヴァが入った。

取り付こうとするヌヴァと、そうはさせぬと牽制《けんせい》するアルマイズ。ユズハはアルマイズの頭部にしがみついている。シンたちの指示を、ユズハを通して伝えるためだ。

海中から浮き出てきたモンスターたちを、シュニーとフィルマが蹴散らす。

その間に、シンは走るのをやめて海上を滑りながら魔術を発動した。

雷術系魔術スキル【スピア・ボルト】――頭上にかざしたシンの手のひらの上に、雷が槍の形を取って顕現《けんげん》する。狙いを定めて投げるように腕を振ると、本来の速度を取り戻した雷が一直線にヌヴァへ飛んだ。喉元あたりに吸い込まれた雷槍は、反対側に突き抜けて空へと消えていった。

制限を解除したシンの魔術スキルは、本来の何十倍もの威力がある。貫通したので込められた魔力分のダメージを出し切ったとは言えないが、それでも完全体のヌヴァのＨＰを今の一撃で二割ほど消滅させていた。

「もう一度、首を断ちます」

「オッケー！」

体を駆け抜けた電撃にガクガクと体をきしませるヌヴァに、シュニーとフィルマが迫る。

今度はシンが援護役に回った。ヘビンやコーパスといった闇属性モンスターに効果が高い、白っぽさのある紫色の刀身を持つ刀――『清流刀《せいりゅうとう》』を抜いて、融合個体の触手を斬り裂いていく。

シュニーの『蒼月《そうげつ》』とフィルマの『紅月《こうげつ》』が、それぞれ鮮やかな青と赤のエフェクトを纏う。

敵意に気づいたヌヴァが何かしようとしたが、突如虚空《こくう》から伸びた光の鎖《くさり》が絡みつき、回復しかけていた動きを封じた。シンの【アーク・バインド】だ。

ヌヴァに近づくことで周囲のヘビンをはじめとしたモンスターたちの攻撃範囲に入ることになるが、シュニーたちを狙ったものはアルマイズとユズハが薙ぎ払っている。

邪魔をするものはもういない。

二人の武器が放つエフェクトの光が一際《ひときわ》強く輝くのと同時に、斬撃が放たれる。

協力専用スキル【爆《は》ぜ斬《ぎ》り】――放たれた青と赤の斬撃は空中で重なり合い、紫色の巨大な斬撃へと変化した。身動きの取れないヌヴァの首に命中すると、鱗の抵抗を無視して肉と骨を分断していく。ただの巨大な斬撃と違うのは、首を斬り終えて抜けるのではなく、そのまま傷口に吸い込まれるように消えたことだ。

首を八割ほど切断した斬撃が消えて三秒。傷口が内側から爆発する。斬撃の当たった場所に留まり、爆破ダメージを与える。それが【爆ぜ斬り】の効果だった。

再びヌヴァの胴と首が分かれる。ＨＰも０になった。

「気配が、消えない」

また復活する。シンは海へと落ちる前に消えていくヌヴァの頭部を見ながら、確信していた。

シンは何か変化がないか観察する。魔力の流れ、気配の変化、モンスターたちの様子等、状況を打破する鍵があると信じて。

『シン！　また復活したわよ⁉』

再生する頭部を見て、フィルマが叫んだ。

『前に戦った奴は一回倒して終わりだった。皆、あいつが何か変わったように見えるか？』

【心話】を繋いで考えを共有する。時間稼ぎのために、シンが再び【アーク・バインド】で動きを止め、シュニーが周りを凍らせる。

『魔術に対する抵抗力が上がっているようです。あまり長くは持ちません』

見れば、ヌヴァの鱗が黒い靄《もや》のようなものを纏い始めていた。その影響か、シュニーのスキルによって作り出された氷が、急速に溶けている。

（自分でもやってみるか）

動き出すヌヴァの頭部へ向けて、シンは跳躍した。握りしめた『清流刀』の白紫の刀身が、黒と紫のエフェクトに塗り潰される。エフェクトはさらに刀身を伸長するように広がり、闇色の刃を形成した。

シンは空を蹴って、妨害しようとする触手をかわし、ヌヴァが氷を破壊して体を起こしたタイミングで首に斬撃を叩き込む。

闇術刀術複合スキル【至伝《しでん》・魔哭閃《まこくせん》】――黒い斬撃がヌヴァの首に吸い込まれる。

振り抜いた時には、刀身は『清流刀』本来の輝きを取り戻していた。

斬撃を受けた首には刃を形成していたエフェクトがそのまま残留し、周囲のあらゆるものを吸い込み始める。

【魔哭閃】は、シュニーとフィルマが放った【爆ぜ斬り】と同じく、斬撃の命中した場所で効果を発揮するスキルだ。黒紫のエフェクトがブラックホールのごとく周囲の物質を吸い込み、最終的に直径3メルほどの球体となって消滅する。

ヌヴァの首と頭部が抉《えぐ》り取られたように消え、再びHPが0になった。

手応えは、とくに変わらない。特別な感触はなく、ヘビンやコーパスを斬った時の感覚と同じだ。

今度は他のメンバーにもヌヴァに変化がないか見るように伝える。

『変化があったようには、見えんな』

『ごめん、僕も』

アルマイズとユズハの戦いに巻き込まれないように一時的に下がっていたシュバイドとミルトから、気落ちした声が伝わってきた。しかし、それは他のメンバーも同じだ。

（さっきの一撃。目が合った……？）

皆の言葉を聞きながら、シンは斬撃を繰り出した時のことを思い出す。

ヌヴァとは体の大きさが違いすぎるので、明確にそうだったとは言い切れない。だが、不確かとはいえ、シンは自分に視線が向けられていると感じた気がしていた。

欠けた頭部が海面に落ちる。消えていくヌヴァの視線は、やはり自分に向けられているとシンは思った。

『……ねぇ、モンスターの進行方向。シンさんになってない？』

触手の攻撃を交わしながらヌヴァの頭部へ視線を向けていたシンは、ミルトの一言に疑問を感じながら周囲を見回す。

ヌヴァの目標はアルマイズであり、モンスターたちもアルマイズが姿を見せてからはそっちへ集まる傾向があった。シンたちも攻撃されていたが、それは進行方向にいるか、攻撃範囲に入ったからというような消極的な理由のはず。なぜなら、モンスターは攻撃してきても、進行方向を変えなかったからだ。

それが今は、シンに向いている。

ヘビンもコーパスも融合個体も、ゆらゆらと海面を動きながら、シンへと。

シュニーとフィルマとは少し距離がある。シン以外の誰かが標的とは、考えられなかった。

『シンさん、何かやった？』

『心当たりはないんだけどな』

ミルトの問いに、シンは首を捻る。

時間が経つほど、モンスターがシンに向かっているのがはっきりとしてくる。気のせいとはとても思えない明確な変化。復活したヌヴァまでもが、シンの方を向いている。

『ユズハ、アルマイズに何かわからないか聞いてくれないか？』

『アルマイズも困惑してる。自分に向いていた敵意が消えたって』

『敵意が消えた……？　復活しても狙ってくるくらい執着《しゅうちゃく》していたんじゃないのか？』

ユズハと【心話】で会話している間も、モンスターがシンに襲いかかってくる。しかし、どこか違和感があった。

シンは融合個体の触手をかわして、本体を斬る。ヘビンとコーパスの集団を魔術で吹き飛ばす。

ヌヴァの突進を、空を蹴ってかわし、すれ違いざまに首を飛ばす。

そこでシンは確信した。やはりヌヴァは自分を見ていると。

「伝えたいことでもあるのか？」

思わず、口に出していた。

ヌヴァの攻撃方法が変化している。厄介な咆哮も、巨体を活かした攻撃もしてこない。馬鹿の一つ覚えのような突進ばかりになっている。よく観察すると、変化していたのはヌヴァだけではないことに気づく。

ヘビンは、まるで縋《すが》りつくように腕を間に伸ばして進んでくるだけ。

コーパスの伸ばす触手も、ゆらゆらと不安定で、攻撃してきた時の鋭さは欠片もない。

融合個体も、見た目は違えども同じようなものだ。

シンはそこに、何かしらの意図を感じてしまう。

「なんだ。お前たちは、俺に何を求めているんだ……」

そうつぶやいて、彼は周囲が静かなことに気づいた。いつの間にか、戦いの喧騒が消えている。

「シン、これは一体……？」

「俺にもさっぱりだ」

シュニーたちがシンの周りに集まってきた。モンスターがほぼ無抵抗になってしまったので、攻撃していいのか判断がつかないようだ。

「囲まれたわね」

「一定の距離からは近づいてこないようだが」

『紅月』を肩に担いだ状態で困惑するフィルマ。シュバイドも盾は構えているが、『凪月』の穂先は海面に向いている。

膠着状態《こうちゃくじょうたい》になっていたところに、ティエラとセティの【心話】が飛んできた。

『シン！　今そっちどうなってるの！　突然モンスターが障壁から離れて同じ方向に移動し始めたんだけど！』

セティの問いで、島の反対側を攻めていた個体もこちらと同じ状態になったのがわかった。攻撃されないので、シンは二人に事情を説明することにした。

『ねぇ、シン。このモンスターたちって、海で散ったモンスターの怨念が形を持ったもの、よね？』

『そのはずだ』

シンの説明を聞いたティエラが、少しの間を置いて話す。

『このモンスターたち、本当に恨みとか憎しみとか、そういう感情しかないのかな？』

『他にもあるってことか？』

『これが正解か、わからないけど。皆本当は、楽になりたいんじゃないかしら』

『楽に……』

『戦って少しわかったの。ここにいるモンスターの体を作っているのは、魔力と苦しい感情ばかり。これじゃ、誰かに倒されるまでずっと苦しみ続けているのと同じよ』

陸に上がって人を襲っても、新しい恨みや憎しみを増やすだけ。結局、モンスターたちは苦しみ続ける。

世界樹《せかいじゅ》の巫女《みこ》としての能力が、ティエラにモンスターの苦しみを伝えているようだった。

『誰も、攻撃をかわさないの』

『え？』

『防ぐこともしない。攻撃はしてくるけど、受けるダメージを減らそうとしないのよ。まるで攻撃されるために攻撃してくるみたい』

ティエラの悲しみのこもった言葉を聞いて、シンは今までの戦闘を思い返した。

言われてみると、まともに防御された覚えも、攻撃をかわされた覚えもない。

ヌヴァは拘束に抵抗していたが、ティエラの言葉通りなら、攻撃してもらうために動こうとしていた可能性がある。

「本当に、そうなのか？」

海面を埋め尽くすほどの、大量のモンスターたち。ティエラの話を聞いたあとにその姿を見ると、解放してくれと縋っているように見えてならない。

「シン、エルフの娘が言っていることは本当だ」

「アルマイズ」

モンスターの海が割れ、アルマイズが姿を見せた。モンスターたちは移動の邪魔をする気もないらしい。ヌヴァも近くにいるが、攻撃をしてくる素振りはなかった。

「ティエラ殿の話を聞いて、奴が我を狙っていた理由が理解できた」

「……まさか」

今までの話から、ヌヴァが何を求めているのか、シンにも察せられた。

アルマイズは続ける。

「ああ、奴もまた、解放されたいのだ。奴がいる限り、配下モンスターはあの姿に囚われ続ける。苦しみ続ける。奴の役目は海で迷い続ける魂を集め、浄化し、世界の循環へと還《かえ》すこと。おそらくこの戦いは、他に方法がないから行っているにすぎないのだろう」

世界の循環に還れぬ、彷徨うしかない魂は、何かしら不要なものが纏わりついている。ヌヴァはそれを剥《は》がし、本来の循環へ還す能力を持っているのだろうと、アルマイズは言う。

アルマイズも海の中で良くない気配が集まっているのを見た覚えがあるらしい。

「受け皿以上の穢れが溜まり、それがモンスターとなってあふれる。それがこの状況なのだと思う」

倒す、つまりは物理的に破壊するという、ある意味では誰でも可能な手段を落としどころにしているのだろう。

しかし、この物量だ。生半可な相手では、呑み込まれて終わる。だからこそ、一定上の強さを持ち、かつ世界の循環に関わるアルマイズを狙ったのだ。倒されるために。

じっくりと観察できるようになったことで、ユズハもヌヴァの状態をある程度理解したようだ。憐《あわ》れみを滲《にじ》ませる。

「今のヌヴァは、おかしくなっている。器《うつわ》以上の魂を回収して、破裂しそう」

「役目を果たそうと働き続けた結果、穢れに侵食されたのだろう。このままでは、ただ無差別に破壊を振りまく存在になってしまう」

これ以上苦しませないために、ここで終わりにしてほしいと、二体の神獣は言う。

「でも、復活してしまうからなぁ」

楽にしてやれるならしてやりたい。しかし、至伝級のスキルでも復活してしまうのだ。どうすればいいのか、シンにはわからなかった。

「シン、あなたにはそれができるわ」

「ユズハ？」

アルマイズの頭部に乗っていたユズハが、シンの胸に飛び込んでそう言った。

「あなたにはある。囚われたものを解き放つ力が」

「……称号の力か」

隷属スキルも打ち消した【解放者《かいほうしゃ》】の称号の力。その対象は、人に限らないようだ。

「いいんだな？」

シンはヌヴァに向き直り、問う。

話し合いを見守っていたヌヴァは、シンの問いかけに静かにうなずいた。今までの暴れっぷりが嘘みたいだ。

シンはユズハにどうすればいいか尋ねる。

「わかった。このままヌヴァに力を使えばいいのか？」

「それだとすべてに届かない。私がシンの力を増幅する」

そう言うと、ユズハはシンの腕から海面へと移動する。そして、力を解放した。

ユズハの体が白く光り、大きくなっていく。その輝きにモンスターたちが押されるように間を開けた。

光が収まると、かつてシンがゲーム時代に戦った時と同じ、エレメントテイルの姿があった。

ゆらゆらと揺れる九つの尾。見上げるほどの巨体でありながら、神聖さを感じさせる佇《たたず》まい。

そして、今のシンでも思わず身構えそうになるほどの威圧感。

ユズハの話では、まだ完全に力が戻ったわけではないということだったが、シンにはとてもそうは思えなかった。

「背に」

少ない言葉の意図を汲み取り、シンはユズハの背に跨る。

「力を」

跨ったまま、シンはユズハの背に触れながら【解放者】の力を発動させる。

すると、ユズハの全身が光り始めた。

眩しくも優しい金色の光。それを纏ったまま、ユズハは尾を広げて高く響く声で吠えた。

それと同時に、光の粒が空へ舞った。

空高く舞った光は、広く広く散って、モンスターたちに降り注ぐ。

「モンスターが、消えていく……」

光の粒に触れたモンスターは、風に溶けるように消えてしまう。そして、モンスターの中心部だった場所に、白い光が残った。

しばらく浮いていた白い光は、やがてゆっくりと空へ上り、見えなくなる。

そんな光景が島の周りで続き、最後にヌヴァが残った。

もう、モンスターが湧くことはないようだ。

「シン、あの者には、直接」

「わかった」

シンはユズハの背から降り、ヌヴァへ近づく。ヌヴァも、身をかがめるようにシンに近づいた。

口の先端に触れて、力を発動させる。するとヌヴァの全身が光りだし、その巨体が端からゆっくりと消え始める。

最後に頭部が消える瞬間、ヌヴァは安堵したように目を閉じた。

静かにその役目を終えたヌヴァは、もう蘇ることはなかった。

Status ステータス紹介

THE NEW GATE

名前：シィマ・ラーメイン

性別：女

種族：ビースト（人魚）

メインジョブ　：鍛冶師

サブジョブ　：薬師

所属組織　：黒の派閥

●ステータス

LV：	169
HP：	2355
MP：	2768
STR：	183
VIT：	152
DEX：	273
AGI：	181
INT：	237
LUC：	63

●戦闘用装備

頭　：なし

胴　：水弾きの白衣
（VITボーナス[微]）

腕　：なし

足　：水蹴りシューズ
（AGIボーナス[微]）

アクセサリ：海石の耳飾り
（混乱耐性[微]、毒耐性[微]）

武器：なし

●称号

- 鍛冶術師範代
- 薬術師範
- 先導者
- 指導者

●スキル

- 鑑定
- 分析
- 簡易加工
- 薬品生成
- 身体強化

etc

その他

- 黒の派閥構成員
- 黒の派閥海洋部門長

名前：アルマイズ

性別：アクア・ドラゴン

種族：神獣

●ステータス

LV：	828
HP：	44590
MP：	38578
STR：	737
VIT：	849
DEX：	655
AGI：	891
INT：	718
LUC：	73

●戦闘用装備

なし

●称号

- 調停者
- 流離うもの
- 隠者
- 海流の指揮者
- 巨獣

etc

●スキル

- 白滅ノ槍
- 破砕水流
- 王魔ノ水殻
- 流レ散ル爆火
- 大海ノ縛鎖

etc

その他

- 環境保全モンスター

名前：ヘビン

性別：レイス

種族：なし（特殊眷属）

●ステータス

LV：	150
HP：	3800
MP：	2400
STR：	180
VIT：	140
DEX：	190
AGI：	110
INT：	210
LUC：	0

●戦闘用装備

なし

●称号

- 湧き出るもの
- 下級怨霊
- 王魔の眷属

●スキル

- ドレインタッチ
- ランダムエンチャント
- ブラインド
- 外殻同調
- 道連レ

etc

その他

- イベントモンスター

名前：コーパス

性別：レイス

種族：なし（特殊眷属）

●ステータス

LV：	450
HP：	6500
MP：	4000
STR：	350
VIT：	500
DEX：	400
AGI：	300
INT：	250
LUC：	0

●戦闘用装備

なし

●称号

- 彷徨うもの
- 中級怨霊
- 王魔の眷属

●スキル

- 貫く晶殻
- 広がる晶殻

その他

- イベントモンスター

名前：ヌヴァ

種族：マリン・ワーム

等級：なし

●ステータス

LV：	850
HP：	58530
MP：	32200
STR：	882
VIT：	894
DEX：	530
AGI：	807
INT：	461
LUC：	30

●戦闘用装備

なし

●称号

- 貪るもの
- 統率者
- 指揮者
- 調停者
- 王魔

etc

●スキル

- 大気割ル狂咆
- 削リ砕ク歯牙
- 千々割ク剣鱗
- 流レ惑ウ剛体
- 飲ミ砕ク大噛

etc

その他

環境保全モンスター